# 賞味期限のある恋だけど

喜多嶋 隆

角川文庫
20827

# 目次

秋が二人を分かつとも　117

# ライムが香る胸

# 1　突然に

まずった！

そう胸の中で叫んだときは、もう遅かった。

助手席のドアが、外から勢いよく開けられた。一人の男が、無言で素早く助手席に滑り込んできた。

午後一〇時四〇分。

信号待ちをしていた車の運転席。可奈《かな》は、カーラジオから流れているS・ワンダー《スティービー》を聞いていた。少女の頃から好きなバラードだったので、つい、それに気をとられていた。

ここが、危険な街、マイアミであることを一瞬忘れていたのだ。

二秒後、交差点の信号が青に変わった。

「アクセル！」と男が言った。

可奈は、ナイキのスニーカーでアクセルを踏み込んだ。かなり勢いよく、小型のフォードは発進した。

可奈は、一瞬、ルームミラーを見た。人影。二人の男が、車を追いかけて走ってくるのが見えた。可奈は、アクセルを踏み続け、交差点を通過した。

ミラーの中で、走ってくる男たちの姿が小さくなり見えなくなった。

片側一車線の道路。夜なので、交通量は少ない。可奈がステアリングを握る小型車は、時速40マイルで走っていた。

助手席の男は強盗？　それとも車泥棒？　けれど、そのどちらにも見えなかった。

ただ、二人の男たちに追われていたのは確かだった。

「一〇分ぐらい走ってくれればいい」男が、それだけ言った。

その声が、意外に若かった。可奈は、一瞬、男を見た。かすかな街明かりで、男の横顔が見えた。ナイロンのジャンパーを着ている。どうやら、肌が浅黒い。白人ではなさそうだった。ラテン系……。二五歳の可奈と同じ位の年齢に見えた。

前を見ているその横顔が、緊張していた。誰かに追われているのだから、当然かもしれないが……。

カーラジオから流れる曲が、M《マイケル》・ジャクソンに変わった。初期のバラード……。張りつめていた空気が、ふと緩《ゆる》んだ。そして、一、二分、男が口を開いた。

「突然乗り込んで悪かった」

ボソリと言った。その口調は、意外なほどに穏やかだった。そして、口にした英語にクセがあった。やはり、アメリカで育ったのではないようだ。

可奈の緊張は、かなりほぐれてきた。車のスピードを、5マイルほど落とす。

「それで、どこへ行けばいいの？」と訊《き》いた。

「たいして遠くじゃない。その先の交差点を右に曲がってくれ」

「この辺でいいよ」

男が言った。可奈は、ブレーキを踏んだ。車を路肩に近づけていく。

12番通りの一角だった。片側二車線の道路。かなり古ぼけた建物が多いエリアだ。

街灯は暗く、歩いている人も少ない。

通りに面して一軒のバーがあった。どうやら、営業しているらしい。可奈は、道路の向かい側に車を停めた。

助手席の男が、ふーっと息を吐いた。運転席の可奈を見た。

「助かったよ」と言った。そして、首にかけていたペンダントを外す。

「せめて、これ」と言い、それを可奈に差し出した。かすかに苦笑い。「金がないもので……」

ペンダントを可奈に渡した男は、助手席のドアを開け、車を降りた。ゆっくりと道路を渡りはじめた。

可奈は、渡されたペンダントをちらりと見た。安物である事はわかった。車をおりた男は、バーに向かって道路を渡っていく。

その時だった。一台のポリスカーが、鋭いタイヤノイズをたてて、角を曲がってきた。バーの前で急停止。赤い回転灯をつけたまま、二人の制服警官が降りてくる。早足でバーに入っていく。どう見ても何かの手入れだ。

道路を渡りかけていた男の足が止まった。

可奈がとるべき行動は、どう考えてもひとつ。急いで車のギアを入れ、その場を走り去ることだった。道路に立ちつくしている男を、置き去りにして……。

が、ギアのシフトレバーにかけた彼女の手は、止まった。

運転席から男を見た。彼は、道路の中央で立ち止まっていた。ポリスカーの回転灯が、その横顔を照らしていた。彼は、明らかに戸惑っていた。

警官たちが入っていった店からは、何か叫び声や怒鳴り声が聞こえている。

彼は可奈の方を振り向いた。運転席の窓ガラス越しに目が合った。可奈は、じっと彼を見ていた。

やがて、彼が車のほうに歩きはじめた。ゆっくりと近づいてくる。助手席のドアを開けた。

「どうしたい？」可奈が訊いた。

「もし迷惑でないなら、5マイルほど先まで乗せていってくれないか」

可奈は一〇秒ほど考える。そして、小さくうなずいた。片手に持ったペンダントを彼に見せ、

「お礼をもらったしね」と言った。

彼が、無言で助手席に乗り込んだ。可奈は、車のギアを入れゆっくりと走りだした。

「あてが外れたの？」訊くと、彼は小さくうなずいた。

「あのバーで知り合いが働いてて、金が借りられるはずだったんだ……」

可奈は、バックミラーをチラリと見た。バーの前には、さらに二台のポリスカーが止まった。

「それは、もう無理みたいね」可奈は、車のアクセルを踏み込んだ。

「こんなところで？」と可奈。「こんなところで、一晩過ごすの？」と、思わず口に出してしまった。

バーがあった場所から、北へ5、6マイル。ひと気のない場所で車を停めたところだった。橋のたもとだった。

マイアミは運河の多い街だ。そして、当然のように橋も多い。

その運河には、古ぼけた橋がかかっていた。サビだらけの、今にも崩れそうな橋だった。彼は、この橋の下で今晩寝るという。

「こんな事はしょっちゅうだよ」とつけ加えた。

どうやら、それは本当の事らしかった。

それにしても……。可奈は、止めた車にもたれ、両腕を組んだ。

予報によると天気は良くない。前線が近づいているようだ。今夜から明日朝《あした》、雨が降り北風が吹くと、カーラジオでアナウンサーが喋《しゃべ》っていた。〈アメリカ東部時間、深夜一時から明け方の五時頃まで、横なぐりの強い雨が……〉アナウンサーが早口にそう喋っていた。

もうすでに、雨の匂いを含んだ風が吹きはじめている。

「ガレージで？」彼が訊き返した。

「そう、もしガレージでよかったら……」可奈は言った。

可奈が借りている家には、ガレージがある。古ぼけたガレージだけれど、一応シャッターはついている。

「そこだったら、とりあえず雨と風はしのげるけど……」可奈は言った。

そう口に出した自分の中で、もう一人の自分が叫んでいた。〈この馬鹿娘！　何を考えてるの！　強盗まがいに車に乗り込んできた、そんな男を自分の家に連れて行く

なんて。まして、ガレージでひと晩泊めるなんて!〉

そんな声が、可奈の頭の中でガンガンと響いていた。けれど、

「どうする?」と彼に訊いた。彼は少し考える。

「それは助かるけど、遠慮しておくよ。なんてったって、おれは君の車に無理矢理乗り込んだ。勝手に走らせた。警察に突き出されてもおかしくない人間だ。君のガレージに泊めてもらうなんて、とてもできないよ」

と言った。車を離れ、橋のほうに歩きはじめた。

その言葉を聞いて、可奈は自分なりの判断をした。この彼は、凶悪な人間とは思えない。そして、たとえガレージに泊めたとしても、鍵《かぎ》のかかった家の中まで入ってくることはできない。

橋に向かって歩きはじめた彼の背中に、「待って」と声をかけた。

しばらく話し合った。その結果、彼はガレージに泊まることになった。

「名前ぐらい、きいておくわ」可奈は、また走りはじめた車の中で言った。

「スチール」彼が言った。本名かどうかは、わからない。仲間内のニックネームかも

しれない。

「あなたの名前も聞いていいかな?」と彼。

「カナ」答えると、人気のない交差点を左折した。降りはじめた雨が、フロントグラスを濡《ぬ》らしはじめていた。


二五分ほどかけて、家に着いた。ビスケーン湾に近い住宅地。そのはずれにある小さな一軒家だ。

家の脇にガレージがある。可奈は、ガレージの前に、とりあえず車を停めた。鍵を使い、ガレージのシャッターを開ける。木製のシャッターがゆっくりと開いた。

ガレージの中に車を入れエンジンを切った。この家の持ち主は、車好きだったらしく、ガレージはそこそこの広さがある。すみに、ボロボロのソファーが置かれていた。家の持ち主は、車いじりをしながら、そこでくつろいでいたのかもしれない。

「そのソファーで寝ればいいわ」可奈は、スチールに言った。ガレージを出る。家の勝手口を開けて中に入った。クロゼットから、タオルケットを一枚持ってきた。スチールは、タオルケットを受け取る。

「すまない」と言った。

「とりあえず、おやすみ」可奈は言い、ガレージを出た。家に入りドアの鍵をかけた。

リビングの隅にあるキッチンに行った。冷蔵庫から、BUD《バドワイザー》を一瓶出した。キャップを開け、一口飲む。フーッと息をついた。すでに、雨と風の音が聞こえている。

予報通りだった。

夜中を過ぎると、風雨が強くなってきた。二階にある可奈のベッドルーム。その窓ガラスを雨粒が叩《たた》きはじめた。バラバラという大きな音。風も強くなってきたようだ。

部屋の外にはヤシの木がある。そのヤシの葉も、激しく揺れているのが見える。

可奈は、熟睡できずにいた。理由の一つは、雨と風の激しさだ。そして、もう一つの理由は、ガレージにいるスチールのことだ。彼が、何か悪さをするとは思えない。けれど、その存在が気になる事は確かだった。

うっすらと目を開けると、もう朝だった。夜明けから朝の二、三時間、可奈は眠ったようだ。

可奈は、ベッドを出た。Tシャツとショートパンツで寝ていた。Tシャツの上に、薄いコットンのパーカーをはおる。スニーカーを履き、ベッドルームを出た。

一階におりた。窓からは、明るい光が差し込んでいた。どうやら、天候は回復したらしい。壁の時計を見た。午前七時半だった。

可奈は、家の勝手口を出る。ガレージに歩いて行った。

スチールが、まだこのガレージにいる、その確率は50パーセントだと思っていた。彼は、誰かに追われている。それを考えると、明るくなった頃、どこかへ姿を消しても不思議ではない。

もし、うまく車のエンジンをかけることができれば、それに乗って姿を消すこともあり得る……。可奈は、そんなことを考えながら、ガレージのシャッターを開けた。

そして、思わず、目を見開いていた。

## 2　光と影の街

これは……。可奈は、思わずつぶやいていた。

目の前に、自分の車があった。そのボンネットが、朝の光を反射していた。このところ洗車していない。かなり汚れていた。そのボンネットが、まぶしく輝いていた。フォードのエンブレムも、陽射しを浴びて光っている。

可奈は、そんな車の前部を見ていた。すると、

「おはよう」と落ち着いた声がした。車の陰から、スチールが姿を現した。きのう着ていたナイロンのジャンパーは脱ぎ、Tシャツにジーンズという姿だった。

その手には、車を磨くワックスと布がある。

三、四秒して、可奈にもわかった。彼は、どうやら車を磨いてくれたらしい。ガレージにあったワックスと布で、車を磨いていたようだ。

「ワックスがけを？」可奈は訊《き》いた。彼は、小さくうなずいた。「ずいぶん汚れていたからね」と言った。「まだ途中だけど」と、つけ加えた。そして、車の後部を磨きはじめた。手を動かしながら、

「昨日は助けてもらったし……」相変わらず落ち着いた声で言った。

その一〇分後。可奈は、紙コップに入ったコーヒーを二杯、ガレージに持っていった。紙コップの一つを、彼に渡そうとした。彼は振り返り、

「もうすぐ終わるから、そこに置いといて」と言った。

可奈は、紙コップの一つを近くの棚に置いた。自分は、コーヒーを手にソファーに腰掛けた。車を磨いているスチールを眺める。

「上手なのね」と言った。今、車の後部を磨いているその手つきが物慣れていた。彼は手を動かしながら、

「子供の頃から、バイトで車磨きをやってたんだ」と答えた。

「子供の頃……どこで？」

「ジャマイカ」とだけ彼は言った。

可奈は、心の中でうなずいていた。ジャマイカ……。それで、いくつかのことがわかった。褐色がかった彼の肌。少しクセのある英語。ジャマイカ育ちと聞けば、納得できる。

「テニスプレーヤーなの？」と彼。コーヒーのカップを持って言った。

車磨きはひと休み。彼は、車にもたれかかって立っていた。何気なくガレージの中を見回している。

ガレージの隅には、テニスのラケットが一〇本ほどある。もう使わなくなったラケットだった。中には、ガットが切れているのもある。そんなラケットの脇に、これも使い終えたテニスシューズが五、六足、無造作に置かれていた。捨ててしまってもいい。けれど、なんとなくガレージの隅に置いていたものだ。

「プロのテニスプレーヤー？」と彼。

「……まぁね」可奈は答えた。その言葉に、あまり力がないのは自分でもわかっている。

その時だった。一台のポリスカーが、ゆっくりと通りかかった。ガレージのシャッターは開け放しにしてある。すぐそばの道路を、パトロール中らしいポリスカーが、通り掛かった。

その瞬間、スチールは体の向きを変えた。外の道路から顔を見られないように、さりげなく体の向きを変えた。

可奈は、それほど驚かなかった。スチールには、いろいろな事情があるようだ。それは、すでにわかっていた。

彼はいま、紙コップを持ったまま車に寄りかかっていた。可奈は、あらためて彼を見た。

身長一六五センチの可奈より一〇センチほど背が高そうだった。細身の体つきだが、手と足は長い。ゆるくウェーブした髪は長め。褐色の皮膚の中で、歯の白さが目立つ。年齢は、最初の印象通り、可奈と同じ二五歳ぐらい。

タイプとしてはサッカー選手のような印象だった。身のこなしに、バネを感じさせた。

「このシューズを?」可奈は、訊き返していた。

ガレージの隅にある五、六足のテニスシューズ。それを、スチールが見ていた。一足を手に取って、眺めている。そして、口を開いた。「このシューズは、捨ててしまうのかな?」

可奈は、うなずいた。

「練習や試合で使うには傷《いた》んでいるから」と言った。シューズのメーカーからサポートを受けていることまでは話さなかった。

「もしそうなら、このシューズをあげたい相手がいるんだけど」とスチールが言った。かなり遠慮した口調だった。

「あげたい相手?」

「ああ、近所に住んでいたティーンエイジャーの子で、靴のサイズは合うと思う」

「女の子?」訊くと、うなずいた。「一五歳の子で、妹のようにランニングの基礎を教えていたよ」と彼。「ところが、ジャマイカ出身の子だから貧しくて、まともなシューズなんて持っていないのさ」

「そうか……」

可奈は、つぶやいた。このマイアミに貧しい移民が多い事は、誰でも知っている。

可奈は、少し考えた。午前中は、ランニングをする日課になっていた。けれど、〈まあいいか〉と胸の中でつぶやく。ガレージの隅にあった段ボール箱に、テニスシューズを入れはじめた。


「え、この辺?」と可奈はつぶやいた。思わず車のスピードを落とした。道路の端に寄せて止めた。

そこは、昨日の夜、スチールを車に乗せた場所に近い。誰かに追われていた彼を乗せた場所から3ブロックほどしか離れていない。貧しい移民たちが多く住んでいるエリアだ。

「大丈夫なの?」可奈は、彼に訊いた。助手席のスチールは、あたりを見回す。

「おれは、そこにあるマックにいるから、よろしく頼むよ」と言った。可奈はうなずく。スチールは車を降りる。街角にあるマクドナルドに歩きはじめた。可奈は、車のギアを入れる。ゆっくりと走りはじめた。

スチールに言われた道順で、四、五分走った。

さびれた街並みが広がっていた。木造の平屋。二階建てのくたびれたアパートメント……。元気が良いのは、風に揺れているヤシの木だけだ。並んでいる建物は、強い陽射《い》しに押しつぶされそうな感じだった。

そんな通りを5ブロックほど行く。すると、右側に空き地があった。スチールが言った通りだった。そこそこ広い空き地。フェンスに囲まれている。そのフェンスも、あちこちが壊れている。

可奈は、車を止めエンジンを切った。車のトランクから、段ボール箱を取り出す。フェンスの隙間から、空き地に入っていった。空き地の地面はデコボコだ。あちこちに雑草が生えている。何人かの子供たちがいた。

一〇歳位の男の子、数人がサッカーごっこをしていた。布を丸めて紐《ひも》で縛ったものをボールがわりに蹴《け》っていた。

可奈は、彼らに近づいていく。彼らが可奈を見た。

「ライシャはどこ？」訊くと、少年の一人が無言で指をさした。空き地の端に、少女が一人腰を下ろしていた。可奈は、彼女のほうに歩いていく。

少女は、フェンスにもたれて腰を下ろしていた。無表情で、そばにある雑草をむしっていた。やがて、歩いてくる可奈に気づく。のろのろと立ち上がった。

肌が褐色で、髪は縮れている。シミのついた黄色いTシャツを着て、ジーンズを切ったショートパンツをはいていた。ズックの靴を履いている。が、靴は破れかけ、親指の一本が見えている。彼女は可奈を見た。

「何も悪い事してないからね」と言った。可奈は苦笑い。「わたしは、警察でも保護官でもないわよ、安心して」と答えた。ライシャを見た。確かに、身長は一六五センチほど。シューズのサイズは、可奈と同じ位だろう。

「スチールに頼まれて、あんたに会いに来たの」と可奈。スチールと聞いて、彼女はす早くあたりを見回した。誰か不審な人間がいないか気にしている。

「スチールはどうしてるの？　もう二日も姿を見ないけど、生きてるの？」ライシャが訊いた。可奈は胸の中でうなずいていた。ここの住人にとって、二日姿を見ないと言うのは、そういうことを意味するのだろう……。

「これ、あんたに渡すようにスチールから頼まれたの」

可奈は言った。段ボール箱をライシャに渡した。彼女は、その中を見る。彼女にしてみればま新しいシューズに、目を輝かせた。

「これ、スチールから……」

「そう」とだけ可奈は答えた。それだけ言えばいいとスチールに頼まれていた。ライシャは、シューズの一足を手に取る。半ば驚いた表情でそれを見ている。

「スチールは、あんたにランニングの基礎を教えたの？」可奈が訊《き》くと、彼女はうなずいた。

「スチールは、陸上競技の選手だったから」

「へえ……それはジャマイカで？」

「そう。ハイスクールの時は、ジャマイカの国内新記録を持っていたらしいわ」

その時だった。グレーのシボレーが、ゆっくりと、空き地の脇を通り過ぎるのが見えた。スモークグラスの中、二人の男がいるのがわかった。ライシャの表情が緊張した。車は、ゆっくりと通り過ぎていった。

「スチールは、誰かに追われている？」可奈が訊いた。

ライシャは、一〇秒ほど黙っていた。やがて、口を開いた。

「噂だと、密航業者ともめているらしい」

「密航業者？」

「そう。ジャマイカ、プエルトリコ、ハイチなんかから、アメリカへ密航させるシンジケート」

「シンジケートという事は、危険な連中？」

ライシャは、肩をすくめる。

「100ドルの借金が原因で人を殺すような連中らしいわ」

「100ドル……」日本円だと約一万円……。驚くと同時に、納得もしていた。ここは日本ではないのだ。

ライシャは、それ以上の話はしたくなさそうだった。可奈は、彼女に手を振った。

「じゃ、がんばって」

「そうか、ライシャ、喜んでくれたか」とスチール。テイクアウトしてきたハンバーガーをかじった。

可奈も、うなずきながらハンバーガーを手にした。

二人は、アルトン通り沿いの岸辺にいた。あのエリアにいるのは危険だと思ったからだ。

アルトン通りのわきには芝生が広がっている。芝生の向こうは、運河だ。いや、運河と呼ぶには広すぎる。幅三〇〇メートルほどの水面。その水面は、外洋に通じている。

可奈とスチールは、岸辺に腰掛けてハンバーガーを食べはじめていた。目の前の水面を、白くスマートなクルーザーが走りすぎる。

マイアミは、光と影の街だ。

そして、目の前に広がる風景はまさに光の部分だ。走りすぎるクルーザーのデッキでは、水着姿の金髪女性が二人、笑顔を見せている。まっ白いポロシャツを着た白人男性が、クルーザーを操船している。クルーザーがはね上げた水しぶきが、まばゆい陽射しに光っている。

水面の遥《はる》か彼方《かなた》には、大きな屋敷が並んでいる。よく手入れされたその庭には、プールがある。そして、どの屋敷の前にも、豪華なクルーザーが舫《もや》われている。

「ライシャは、ほかに何か言ってたか」

とスチールが訊いた。可奈は、少し考えた。

「あなたが、陸上競技の選手だったこと。それと、密航業者とのトラブルを抱えていることだけ」と言った。スチールのバックグラウンドを少し訊いてもいいと思ったのだ。

彼は、しばらく無言でいた。やがて、口を開いた。

「知っての通り、おれはジャマイカで生まれ育った」

# 3　ライムが香った

「オヤジは、車の修理工だったけど、家は貧しかった」

とスチール。可奈は、うなずいた。ジャマイカは元イギリスの植民地。今でも、その面影が色濃く残っていることは、知識としてはあった。

裕福な白人。褐色の肌をした貧しい人たち。大きな屋敷と、対照的なスラム。それは可奈にもわかっていた。

「家の壁はベニヤ板だった。それでも屋根があるだけマシだったよ」

少し苦笑しながら彼は言った。ぽつりぽつりと言葉を続ける。三人兄弟の末っ子だと言う。

「走るのは、子供の頃から速かったの？」

「まあ……それだけが取り柄だったかな」言うとスチールは苦笑いした。一五歳の頃には、一〇〇メートル走でジャマイカの高校記録を出したと言う。

そうしているうちに、彼の心に一つの夢が生まれた。それは、トップアスリートになることだったらしい。

「もしかして、あのウサイン・ボルトに憧《あこが》れた？」可奈が訊くと、スチールは素直にうなずいた。ボルトは、ジャマイカでは国民的英雄。それに憧れるのは当然かもしれない。

「じゃ、本格的にアスリートへの道を進もうと？」

「まぁ……でも……」

「でも？」

「ジャマイカにいたんじゃ、それは無理だと思った。いろいろな意味でね。とにかくアメリカに行かなくちゃと考えたよ」

「それで密入国を？」訊くと、彼は首を横に振った。

「密入国するつもりは、なかったんだ」

「業者に騙《だま》された？」可奈は訊き返していた。スチールは、うなずいた。ぼそぼそと説明しはじめた。

ジャマイカなどから、アメリカに渡航させる業者があると言う。貨物船などで、アメリカに渡航させる。そして、就労ビザなどを手配する。そんな業者らしい。

「その業者に頼んだの？」可奈が訊くと、うなずいた。

「貨物船で渡航をすることができたんだけど、就労ビザのことは嘘だった」

「ビザの用意はできていなかった？」

「ああ……おれもうかつだったんだけど」

可奈は、胸の中でうなずいた。ここアメリカでは、国外から来た人間が、就労ビザを取得するのはとても難しい。移民が多い国ならではの事情だ。

「じゃ、あなたはビザを持っていない？」と可奈。彼は小さくうなずいた。

「パスポートは持ってるけど、ビザはないよ」

可奈は軽くため息をついた。いくらパスポートを持っていても、ビザを持っていない人間は、不法入国者ということになってしまう。

「で、その業者とは？」

「ビザの用意がないんだから、その分のお金は払わないと言ったよ」

「そしたら？」

「渡航はさせたんだから、全額払えと言ってるよ。なんせ、連中はなかばマフィアだから……」

「そのビザの金額は？」

「約１０００ドル」

「結構な金額ね。連中はそれをしつこく要求してるの？」

「ああ、おれがもぐりでやってた仕事先まで来たよ」

「じゃ、昨日の夜、あなたを追いかけてきたのは、その連中？」訊《き》くと、うなずいた。

「話してわかる連中じゃない。だから、逃げたんだ」

「やっかいね……」可奈は、小さくため息をついた。

「もぐりでやってた仕事って？」可奈は訊いた。

「窓の飾りをつける仕事さ」スチールが言った。可奈は、かすかにうなずいた。

マイアミでは、多くの家の窓に鉄製の飾りがつけられている。鉄の格子をベースに、曲線を使った飾りがつけられている。

ペンキで塗られたそれらの窓飾りは、一見、優雅だ。観光客から見ると、アメリカの家らしい洒落《しゃれ》たものだと感じられるだろう。が、それは、全く逆の意味を持っている。早い話、強盗に入られないためなのだ。普通の窓では、簡単に破られて侵入されてしまう。そこで、鉄製の飾り枠をつけて、強盗に入られないようにしている。全米一犯罪が多いと言われるマイアミならではのものだ。

「あの仕事を……」と可奈。

「ああ、ジャマイカにいた頃から、鉄を曲げたり溶接したりするのは得意だったから」と彼。そういう工場でアルバイトをしていたと言った。可奈は、ちょっと考えた。

「鉄か……。じゃ、スチールっていうのは、そこから来てる？」

「まぁね。こっちに来てから、ずっとそう呼ばれてるよ」彼は、かすかに白い歯を見せた。

目の前に広がる水面。水上スキーが走っていく。小型だが、スマートなボート。水上スキーで滑っているのは、若い金髪女性だ。大胆なカットの水着で、水面をスラロームしている。彼女の笑顔が明るい。美しいプラチナブロンドが、風をうけて躍っている。

「そういえば……」可奈が、口を開いた。

「わたしの家の窓にも、あれが必要なのよね」可奈は言った。

彼女は、約半年前にあの家を借りた。窓には、鉄製の枠が取り付けられていなかった。仲介した不動産業者は、一ヵ月以内に取り付けると言った。だが、その契約はまだ履行されていない。可奈は、毎月のように不動産業者に連絡をした。しかし、そのたびに、

「工事をする人間が手配できなくて」という言い訳が返ってくるだけだった。

「確かに、あの仕事をする人間は不足してるよ」スチールは言った。

マイアミの治安は悪化する一方だ。それなのに、鉄を曲げたり溶接したりするブルーカラーの人間が不足しているのは、可奈にもわかっていた。

「オーケイ」可奈は言った。スマートフォンを取り出した。不動産業者にかけた。

担当者が出た。可奈は、交渉をはじめた。

窓に防犯用の枠をつけてくれる人間が見つかった。その人間に直接頼むので、費用はそちらで負担して欲しいと言った。

「それは、もちろん」と業者。

「作業の相場は?」可奈が訊くと、窓一つにつき100ドルが相場だと言う。あの家の一階には窓が五つある。トータルで500ドル、オーケイ? 言うと「了解です」と不動産業者は言った。

可奈は、通話を切る。話の内容をスチールに説明した。

「君の家の窓を?」

「そう。わたしも助かるし、あなたにとっては500ドルの収入になるわ。それでどう?」と可奈。スチールは、しばらく考える。やがて、うなずいた。

「もちろん、助かる話だよ」と言った。

「じゃ、交渉成立ね」


その三〇分後。可奈が運転する車は、リトル・ハバナの近くを走っていた。キューバからの移民が多く、小さな工場などが多いエリアだ。

「その辺でいいよ」スチールが言った。可奈は、車を止めた。

「その先に、知り合いの工場がある。鉄材も買えるし、溶接機も借りられるから」と彼。可奈は、うなずいた。ポケットから100ドルを出した。

「必要でしょう?」と言い、スチールに渡した。彼はうなずき、ドル札を受け取る。

車をおり、歩きはじめた。

「やあ、カナ」とコーチのアンドレ。可奈に、笑顔を見せて「午前中のランニングは、ちゃんとしたかい?」と言った。

可奈も笑顔を返し、「まあね」とだけ答えた。テニスシューズの紐《ひも》を結んでいく。

午後一時。ハウラヴァー・ビーチ・パークの近くにある、〈NICテニス・アカデミー〉。高級住宅地の中に、一二面のテニスコートや、トレーニングルーム、カフェテラスなどがある。

ついさっきスチールを降ろした工場の多いエリアとは、別世界だ。テニスコートの周囲には、ブーゲンビリアの美しい茂みがある。鮮やかなピンクの花が咲き誇っている。頭上では、よく手入れされたヤシの葉が揺れている。

可奈は、テニスシューズの紐を結び終わる。ラケットが四本入ったケースを肩にかける。8番コートに向かって歩きはじめた。

3番コートのそばを通りすぎる。歩いていると、鋭い打球音が聞こえた。見るまでもなく、わかった。ジャネットが練習しているのだ。彼女も、可奈と同じプロのテニスプレーヤーだ。ランキングは、可奈よりずっと上だが……。

テニスプレーヤーの調子は、打球音でわかる。鋭く硬い音が響いている。相変わらずジャネットは好調のようだ。

可奈は、コートのわきを歩きながら、ふとジャネットを見た。彼女は、サウス・カロライナ出身のアメリカ人。

身長は一八〇センチ近い。筋肉質の手足が長い。いま、ボールを打っている長い腕。金色の産毛が、陽射しに光っている。

ジャネットの練習相手がミスをした。プレイが止まる。ジャネットは、一瞬、可奈を見た。けれど、すぐに視線を外した。東洋人のあなたなんか、相手にしていないわ。そんな表情が、露骨だった。

可奈は、表情を変えず歩いていく。アメリカに来て約六年。そういう視線には、とっくに慣れていた。まぶしい陽射しに目を細め、歩いていく。

ダメだ！

ラケットを振り抜いた瞬間、可奈は胸の中で叫んでいた。彼女が打ったボールは、ネットの上部に当たる。ネットを越えず、手前に落ちた。

「ゲームセット！」コーチのアンドレの声が響いた。

8番コート。可奈は、練習試合をしていた。試合の相手はリン。韓国系アメリカ人で、年齢は、可奈と同じ二五歳。世界ランキングも、同じように三〇〇位台だ。

一〇日後に、大会がある。フロリダ州にチェーン展開するスーパーが主催するテニストーナメントだ。ローカルな大会。だけれど、そこそこの選手が出場する。観客もそこそこ入る。アメリカでは、女子テニスは相変わらず人気があるのだ。

可奈もリンも、その大会に出場する予定だった。そこで、大会を想定した練習試合をしていたのだ。

その試合は、セットカウント二―〇でリンが勝った。二人は、軽くハイタッチ。リンは、タオルで汗を拭《ふ》きながらコートを後にする。可奈も、タオルで顔の汗をぬぐう。ラケットケースを肩にかける。ゆっくりと、コートを出て行く。

並んで歩いているコーチのアンドレが、口を開いた。

「最後のショットは、いただけないな」と言った。「あそこで、あんなきわどいショットを打つべきじゃない」と、付け加えた。

可奈は、小さくうなずいた。あのとき、一〇本以上のラリーが続いていた。結局、可奈がハードヒットしたボールがネットに当たりゲームセット。

「あそこは、ラリーを続けて粘るべきだった」アンドレが言った。「そうね……」と可奈。わかっていた。自分に、粘り強さが欠けているのは、ぼんやりと感じていた。

「お、生徒さんが来てるぞ」アンドレが言った。5番コートのわきで、ハリーが手を振っている。

「ハイ、カナ」ハリーが明るい笑顔を見せた。

「待った？」と可奈。

「いや、ちょうどストレッチを終えたところさ」ハリーが言った。

可奈は、プロのテニス選手だ。けれど、大会の賞金だけでは食べていけない。そこで、練習の合間にアマチュアにレッスンをしている。いま、可奈がレッスンしているのは三人。ハリーは、その一人だ。教えはじめて、もう五ヵ月になる。

「じゃ、はじめましょうか」可奈は言った。ハリーと軽くラリーを始めた。

「ずいぶん上達したわね」可奈は言った。約一時間のレッスンを終えたところだった。〈ずいぶん上達した〉は、半ばリップサービスだ。ハリーは、もともと運動神経がいい。テニスも、最初からそこそこ上手だった。が、熱心な生徒でもあった。

「バックハンドが、いまひとつだなぁ」とハリー。タオルで汗をぬぐった。

可奈とハリーは、コートの脇のベンチに腰かけていた。ハリーは、確か二八歳。すらりと背が高い。金髪、青い瞳《ひとみ》。ハンサムと言える。テニス・アカデミーの女性スタッフの中には、彼のことを気にしている娘《こ》もいる。

彼は、食料品会社に勤めていると言う。新製品の開発に携わっているらしい。ただし、ここにきている時、仕事の話はしない。

「じゃ、来週ね」可奈は言った。ベンチから立ち上がった。その時、ハリーが彼女を見た。

「その、近いうちに食事でもどうかな?」と、控えめな口調で言った。可奈は、しばらく考える。このテニス・アカデミーでは、個人的な付き合いを禁止しているわけではない。そして、可奈は彼に好感を持っていた。ただ、「次の大会が終わるまでは、何となく落ち着かなくて……」と言った。それは本当のことだった。ハリーはうなずく。

「わかった。じゃ、大会が終わったら」と言った。可奈はうなずく。「楽しみにしてるわ」

さて、どうだろう……。

可奈は、車のステアリングを握ってつぶやいた。家まで、あと1ブロック。スチールは、本当に窓に枠をつける仕事をしているだろうか。さっき可奈が渡した100ドル。それを持ってずらかることもできる。その可能性が、ないとは言えない。

ヤシの木がある角を曲がる。家が見えてきた。車のスピードを落としていく。

スチールは、仕事をしていた。一階の窓に鉄の枠をつけていた。格子になった鉄の枠。そこに曲線の鉄の飾りが溶接されている。白いペンキが塗られている。彼は、それを窓に取り付けていた。

可奈は、車をガレージの前で止めた。仕事をしていたスチールが、彼女の車に気づく。片手を上げた。可奈は、車から降りる。スチールの方へ歩いて行った。

「どう？」

「もう少しで終わるよ」スチールが言った。彼女は、うなずく。ガレージの中へ、車を入れた。エンジンを切った。スチールは、仕事の仕上げにかかっていた。上半身は、裸だった。うっすらと汗ばんだ腕や背中に、夕方の陽射しが光っている。コリコリとした筋肉が動く、そのさまを可奈は見つめていた。

これまでも、アスリートの体つきはよく見ていた。ただしアメリカなので、白人が多かった。スチールのような褐色の筋肉を見るのは珍しい。毛穴が小さくすべすべしたその褐色の肌を、可奈は見るともなしに眺めていた。

スチールは電動ドリルを使って仕事の仕上げをしていた。時折、通りを人が通りがかる。けれどスチールに注意を払うことはない。こういう工事の光景はマイアミではどこにでもある。褐色の肌をした人間もいくらでもいる。なので、誰も特別に気にとめない。

「一応終わったよ」スチールが言った。きれいな鉄の格子が窓にはまっている。彼は、鉄材や工具をガレージに運びはじめた。工事はまだ、窓の一つが終わっただけだ。

「片付けが終わったら、家に入って。シャワーを浴びないわけにいかないでしょう」可奈は言った。鍵《かぎ》を使って家に入った。彼女は、テニス・アカデミーでシャワーを浴びてきている。スチールがシャワーを浴びるためのタオルを用意する。

一〇分後、スチールは勝手口から入ってきた。少し遠慮した様子。その手には、小さなビニール袋。スーパーのレジ袋だった。着替えを調達してきたのだろう。

「シャワーはそっちよ。好きに使って」可奈は言った。スチールは、相変わらず遠慮がちな表情でシャワールームのほうに歩いて行った。可奈は、キッチンに行く。冷蔵庫の中を確かめる。

「あ、ライムの香り……」

可奈は、つぶやいた。スチールが、シャワールームから出てきたところだった。新しいTシャツとショートパンツを身につけている。いかにも安物だが、とりあえず清潔だった。

そんなスチールから、ライムの香りがした。可奈が、〈ライム……〉とつぶやくと、彼は、「これかな」と言った。ビニール袋から、何かを取り出した。みれば、石鹸《せっけん》だった。

「ライム・ソープ。ジャマイカ産なんだ。さっき、スーパーで見つけた」

「へえ……。ジャマイカでライム……」可奈が言うと、スチールはうなずいた。

「そこそこ大きなライムの農園がいくつかあるよ。兄貴がそこで働いていた。だから、子供の頃からライム・ソープで体を洗ってたなぁ。あと、料理や飲み物にもライムはよく使ってた」

スチールが言った。可奈は、胸の中でうなずいた。マイアミのスーパーにも、ライムは山ほど並んでいる。産地を気にした事はないが、もしかしたら人件費の安いジャマイカから来たものかもしれない。

「こんな晩御飯でごめんね」可奈は言った。

一時間後。彼女とスチールは、テーブルについていた。冷蔵庫にあった鶏《とり》の胸肉。とりあえず、それをフライパンで焼いた。そこへ、缶詰のチリビーンズ・トマト煮をかけた。さらにタバスコをふりかける。二人は、BUDを飲みながらナイフとフォークを使っていた。手抜きと言われても仕方がない食事だった。けれど、

「そんなことは、ないよ」スチールが言った。さらに一言、「おいしい」とつぶやいた。確かに、安いけれど大きさだけはある胸肉を、よく食べている。

やがて、スチールがふと、フォークを動かす手を止めた。六、七秒、無言でいた。そして、ポツリと言った。

「テーブルで食事をしたのは、すごく久しぶりだ……」

可奈もフォークを動かす手を止めた。彼を見た。心の中で、言葉を探していた。けれど、見つからなかった。彼が口にした言葉が、心に刺さった。気持ちが、ヒリヒリとしていた。

スチールが、またフォークを使いはじめた。

そして、一時間後。彼は、食事の礼を言うと、寝床のあるガレージに戻っていった。彼が去ったリビングルームに、かすかだけれど、ライムの香りが漂っていた。可奈は、テーブルに両肘《りょうひじ》をついて目を閉じた。ライムの香りに包まれて……。

# 4

# ため息のテニスコート

「帰りにピッツアでも食べに行かない？」

選手仲間のリンが言った。午後四時。テニスコートのすみ。可奈とリンは、練習を終えたところだった。クールダウンと、ストレッチをしていた。

可奈とリンは、週に二、三回、練習の後に何かを食べに行く付き合いだった。東洋系同士なので、仲はいい。けれど、

「今日は、ちょっと……」可奈は、肩甲骨まわりや、ふくらはぎのストレッチをしながら言った。リンが、へぇという顔をした。そして、ニヤリとする。

「もしかしてデート？」と言った。可奈は、そ知らぬ顔。「まぁ、想像に任せるわ」と答える。

「相手は、もしかしてハリー？」

「だから、想像に任せるって言ったじゃない」

「そうか、ハリーは素敵だもんね」とリン。可奈は、苦笑い。ストレッチを続ける。

こんなものでいいか……。可奈は、つぶやいた。スーパーのレジに向かう。

今日は、スチールが工事を始めて三日目。そろそろ終わる予定だった。何かまともな夕食を作ろう。そのつもりでスーパーで買い物をしていた。最後に、ジャマイカ産のライムをカゴに入れて、キャッシャーに向かった。

二〇分後、家に着いた。

車を降りる。スチールが作業をしていた。最後の窓枠。そこに、ペンキを塗っていた。それも終わろうとしている。可奈は、彼のほうに歩いていく。

「完成ね」と言った。スチールがうなずく。「まずまずの出来かな」とつぶやいた。

「お疲れ様」可奈はグラスをあげた。スチールも、グラスを手に取る。グラスとグラスをカチリと合わせた。

二時間後のリビングルーム。夕陽が低い角度で差し込んでいる。カーテンに、ヤシの葉のシルエットが揺れている。

グラスの中は、コロナ・ビール。マイアミでは相変わらず人気のあるビールだ。そこにぶつ切りにしたライムを入れてある。ビールの泡も、夕陽を受けて光っている。

「はい、これ」と可奈。封筒をスチールに差し出した。中身は工事費の500ドル。三〇分ほど前に、不動産業者が持ってきたものだ。スチールは、ドル札を手にする。100ドルを可奈に渡した。

「借りていた分」と言った。残りは400ドル。

「それは、密航業者に渡すの?」可奈が訊《き》くと、スチールはうなずいた。

「そうするしかないな。前にも話したように、奴らはマフィアのようなものだ。おれから1000ドル受け取るまであきらめないよ。交渉ができる相手じゃないし」

「その400ドルを渡せば、しばらくは大丈夫?」

「たぶん。おれを殺してしまったら、1ドルも手に入らないことになるから」スチールは言った。

「そういうことなのね……」と可奈。コロナ・ビールが少し苦く感じられた。

「これは？」フォークを手にスチールが訊いた。

「ミートローフよ。初めて食べた？」と可奈。彼は、素直にうなずいた。そして、

「おいしい……」と言った。可奈は微笑した。香辛料をたっぷり使って作ったミートローフだった。

「ところで、これから先はどうするの？」可奈は、ビールのグラスを手にして訊いた。

「今回、溶接の道具などを借りた工事業者から、そこで仕事をしないかといわれているんだ」

「へえ……悪い話ではない？」

「ああ。手広く仕事をしている業者だしね。ただし、賃金は高くない」

「それってなぜ？　腕がいいのに……」

「おれが、不法入国した人間だからさ。不法入国の人間を使うのは、雇い主にとってもリスクがある。その分、賃金が安くなる。そういうこと」

「そうか……仕方がないのね」可奈が言うと、スチールはうなずいた。「働けるだけでもましだよ」

「なるほど。仕事ができるとして、住むところはあるの？」と可奈。スチールは、何

も言わない。ビールのグラスを見つめている……。

「橋の下で寝る？」と、ため息まじりに訊いた。スチールは、相変わらず黙っている。

可奈は、二〇秒ほど考えた。「ものは相談だけど」と口を開いた。

「ここに、もうしばらくいていい？」スチールが訊き返した。可奈は、うなずいた。

「出会いは、ちょっとアレだったけど、あなたにはお世話になったわ」

「世話に？」

「そう、窓の工事」

可奈は言った。つい二日前のことだ。4ブロックほど離れた家に強盗が入った。コロンビア系移民の夫婦が住んでる家だった。白人二人組の強盗が鉄枠でガードされていない一階の窓から侵入した。住んでいた夫婦は、何とか強盗を撃退した。けれど、二人ともかなりの怪我をしたと言う。

「もしかしたら、わたしが被害者になっていたかも……。あなたが、手際良く工事をしてくれなかったら……」と可奈。

スチールは、ただ微笑している。

「その事は感謝したいし……帰る家がないあなたを、放っておくわけにはいかないわ」

可奈が言うと、スチールは黙っている。ミートローフの皿を見つめている。

「でも……」と口を開いた。「おれがいたら、君の迷惑になるんじゃないか？」

と言った。可奈は、首を横に振った。

この辺は、わりと家賃が安いエリアだ。住んでいる人種も様々。住人の入れ替わりも多い。早い話、近所付き合いはほとんどない。

「あなたがここにいても、誰も気にしないわ」

可奈は言った。コロナ・ビールに口をつけた。

「まいったなぁ……」とリンが言った。

大会まで、あと三日。ドロー、つまり対戦相手の一覧表が来たところだった。リンが一回戦で当たるのは、ランキングがかなり上の相手だった。

「カナは？」

「まずまずかな……」

可奈が一回戦で当たるのは、ベティと言うアメリカ人の選手。世界ランキングは、可奈とほとんど同じだった。

ただし、可奈より四歳若い二一歳だった。

「その子、スタミナがあるから、楽な試合にはならないね」とリンが言った。


可奈は、半ば絶句していた。

「え、これって……」

夜の六時半。スチールが、紙包みを持ってキッチンに入ってきた。調理台の上で紙包みを開いた。出てきたものを見て、可奈は思わず絶句していた。

巨大な焼き鳥。そう表現するしかなかった。五〇センチ位の鉄の棒に、肉の塊が刺さっていた。牛肉だろうか。握りこぶしより大きな塊が、四つ刺さっている。肉は、すでに焼いてある。それが、二本あった。

「明日は試合だろう。パワーをつけなきゃ」とスチール。それは、シュラスコという肉料理だと言う。肉に、岩塩や香辛料をすりこみ、炭火で焼いたものらしい。ブラジルを始め、中南米ではポピュラーな肉料理だとスチールは言った。

「一緒に工事の仕事をしているブラジル人がいて、そいつの兄貴が、南米料理の店をやってるんだ」

スチールは言った。可奈が出した大きな皿に、それをのせた。一番大きな皿にも、乗りきらない……。可奈は、ライムのぶつ切りを入れたコロナを用意する。テーブルでスチールと向かい合った。

「いくか」彼は言った。シュラスコの一つを手で持って、齧《かじ》り付いた。

可奈も、少し迷ったけれど、彼と同じように、巨大な串焼《くしや》きにかじりついた。そして、

「おいしい……」と思わずつぶやいた。牛肉は、予想していたより柔らかい。岩塩と、ピリッとした香辛料が効いている。経験したことのない美味《うま》さだった。ただし、口のまわりは脂でべとべとになる。可奈がそれを言うと、

「気にしない」とスチール。大きなグラスに入ったコロナをぐいと飲んだ。

可奈も、コロナに口をつける。肉の脂っこさを、ライムの香りがするビールが流していく。また、肉にかじりつきたくなる。

二人は、ひたすら肉をかじりコロナを飲んだ。部屋のオーディオから、イーグルス

の曲が軽快に流れていた。

「いいか、相手のベティはバックハンドに弱点がある。徹底的にそこをついていけ」

コーチのアンドレが言った。ラケットのグリップに滑り止めのテープを巻きながら、可奈はうなずいた。マイアミの郊外にある大会会場。あと二〇分で、可奈の第一戦が始まろうとしていた。

強い陽射しがテニスコートに降り注いでいた。湿度も高いけれど、これはマイアミの気候だ。もともと湿地であるマイアミは、基本的に湿度が高い。乾燥したカリフォルニアあたりから来た選手は、その湿気に戸惑うこともあるようだ。

やがて、大会のスタッフが可奈に声をかけた。試合がはじまろうとしていた。ややローカルな大会なので、観客席はそう広くない。その最前列に、あのハリーがいた。可奈と目が合うと、親指を立てて見せた。

可奈のサーブで、試合は始まった。

アンドレに言われた通り、可奈はベティのバックサイドにボールを打ち続けた。確かに、ベティは強力なフォアに比べてバックハンドが弱い。

可奈は、有利に試合を進めていった。ゲームカウント、6―4で第一セットをとった。


第二セットに入って、流れが変わった。

ベティが、思い切って作戦を変えてきた。バックサイドに来たボールを、素早く回り込んでフォアハンドで打ちはじめた。すごいパワーで打たれるフォアのショットが、可奈のコートに突き刺さる。

第二セットは、3―6でベティにとられてしまった。試合は互角になった。

決戦の第三セット。

互角の戦いが続く。1―1、2―2、3―3……。

ところが、次のゲーム、可奈はダブルフォルトを二回続けてしまった。3―4と、ベティにリードされた。試合の流れが完全に変わった。可奈はミスを連発。逆に、ベティのいいショットが続く。

最後は、ベティのサービスエースで決まった。バックに来たそのサーブを可奈は、あきらめて見送った。

ゲームセット、可奈とベティは、握手をする。一応、接戦だったので、二〇〇人ほどの観客から拍手がわき上がった。可奈は、自分のベンチからタオルをとる。顔の汗をぬぐった。心の中で、ため息をついていた。

「惜しい試合だったね」とハリー。車のステアリングを握って言った。

試合が終わって三〇分後。可奈は、ハリーの車で家に送ってもらうところだった。朝は、アカデミーのマイクロバスで試合会場にやってきた。けれど、選手それぞれ帰る時間が違う。ハリーが「送っていくよ」と言うので、可奈は乗せてもらうことにした。走りはじめて一〇分、

「本当に、あの第三セットは惜しかった……」と彼が言った。

助手席で、可奈はかすかにうなずいた。心の中では、〈それほど惜しい試合ではなかった……〉と、つぶやいていた。〈またか……〉と言う思いも頭の中をよぎっていた。

ハリーは、たぶん知らない。けれど、可奈はこの半年で四回、大会に出場した。そして、すべて一回戦で敗退していた。それも、すべての試合が決戦の第三セットまでもつれた。そして、可奈はその第三セットを必ず失っていた。

なぜだろう……。

自分でも、正確にはわからない。わかることは一つ。第三セットに突入すると、すでに勝てる気がしない。そして、結果はその通りになった。可奈は、ハリーに気づかれないように小さくため息をついた。

「次の試合はいけるよ」彼が、屈託のない口調で言った。可奈は笑顔を作って、「そうね」と答えた。自分は彼のコーチなのだ。落ち込んだ顔を見せるのは、あまりよくないだろう。

ハリーが運転する車は、時速40マイルでフリーウェイを走っていた。可奈は、ヘッドレストに頭をあずけた。無言で、走りすぎる街並みを眺めていた。

口数が少ないのは、試合の疲れ……。ハリーは、そう思っているようだ。気を遣って、彼の方からは、話しかけてこなかった。カーステレオからは、ジャズ・バラードが低く流れていた。

可奈は、家に帰ると一〇分でシャワーを浴びた。スポーツ選手なので、動作はてきぱきとしている。

濡《ぬ》れた髪をタオルでふきながら、電話帳をめくった。もうすぐ、スチールが仕事から帰ってくるだろう。けれど夕食を作る体力は残っていない。ピッツアのデリバリーにする。

いつもの店に電話をかけた。シュリンプ、ベーコン、オニオンのミックス・ピッツア。Lサイズをオーダーした。

電話を終えると、スチールが帰ってきた。手に、紙袋を持っている。テーブルに置く。ボトルを取り出した。ジャマイカ産のラム。世界的に有名なマイヤーズの〈オリジナル・ダーク〉だった。

「試合に勝ったのなら祝杯、負けたんならやけ酒」スチールは言った。にっと白い歯を見せた。

「とにかくシャワーを浴びてきたら」

「バーテンさん、何を作ってくれるの？」可奈は、スチールに聞いた。彼は、キッチン・カウンターに、二つのグラスを置いた。マイヤーズ・ラムのキャップをひねった。

「試合に勝ったのなら、ラムのソーダ割りで乾杯」と彼。

「負けたのなら？」

「ラムのソーダ割りで、やけ酒」

「なんだ、同じじゃない」可奈は言った。笑いながらスチールの肩を突ついた。

「負けちゃったよ」可奈はグラスを手にして言った。

グラスの中は、ラムのソーダ割り。ライムのぶつ切りが入っている。おいしかった。

「そうか、負けか」とスチール。ピッツアを食べながら言った。

「そう、ダメだった」と可奈。グラスに口をつけた。ラムのソーダ割りをぐいっと飲んだ。

「しょうがないじゃないか。スポーツなんだから、勝つ時もあれば負ける時もあるさ」スチールが言った。

「それもそうか」と可奈。また、ラムをぐいっと飲んだ。〈負け〉という言葉を素直に口にしている自分が、少し不思議だった。また、グラスに口をつけた。

ふと、目を開ける。

可奈は、ベッドで寝ている自分に気づいた。ここは、どこだろう……。記憶が、途切れている。昨夜は、どうなったのか……。どうやら夜明けらしい。わかる事は、ベッドで寝ている事だけだ……。

# 5　ちょっとした告白

頭が少しぼんやりとしている。どうやら、アルコールがまだ残っている。昨夜は、かなり飲んだのだろうか。ラムのソーダ割りを、速いピッチで飲んだ事を思い出し始めた。

可奈は、天井を見上げていた。

いろんな映画や、テレビドラマの場面を想い起こす。こういう場合は、だいたい決まっている。顔を横に向けると、男が寝ている。そして、自分は何も身につけていない。そんな展開だ。

やらかしたか……。可奈は、恐る恐る、顔を横に向けた。

けれど、誰もいなかった。自分のベッドで、一人寝ていた。ブランケットが、胸までかかっている。

可奈は、そっとブランケットをずらしてみた。自分が、Tシャツを着ているのが分かった。さらに、ブランケットをはぐ。ショートパンツもはいていた。昨夜、飲み食いしていたときのままだった。

可奈は、ゆっくりとベッドから出た。カーテンごしに朝の明るさが部屋にあふれていた。自分の身なりを、もう一度、点検してみる。下着も、身につけていた。

だからといって、何も起こらなかったとは言えない。可奈は、部屋を出る。ゆっくりと一階に降りていく。一階に、スチールの姿はなかった。

彼の寝床があるガレージに行った。スチールは、身支度をしていた。これから仕事に出るらしい。可奈を見ると、「おはよう」と言って笑顔を見せた。

「あの……」と可奈。

「あの……きのうは……」と口に出した。

「きのうは、すごかったよ」スチールが言った。

「すごかった？」思わず訊き返していた。

「君の飲みっぷりさ。ラムのボトルが、きれいに空いたよ」スチールは言った。説明しはじめる。酔っ払った可奈に肩を貸して、部屋まで運んだと言う。

「ベッドでいびきをかきはじめる前に、一言、寝言を言ってたよ」

「なんて?」可奈が聞いた。スチールは肩をすくめる。「ダブルフォルト」と言った。

可奈は、苦笑いした。そして、彼の言う事はどうやら本当らしいと思った。「じゃ、仕事に行ってくるよ」スチールは、褐色の顔に白い歯を見せた。


試合の三日後。夜六時半。ハリーと可奈は、レストランにいた。サウス・ビーチに沿ったコリンズ・アベニュー。〈Mels《メルズ》〉と言う店だった。マイアミでは高級な部類に入るシーフード・レストランだ。

「ワインは白でいいかな?」ハリーが訊いた。可奈は、微笑してうなずいた。

ハリーと約束していた食事。可奈は、持っている中で一番上等なワンピースを着ていた。ハリーも洒落《しゃれ》たジャケットを着込んでいる。

食事のオーダーは、すませた。オードブルは、スカンピ(アカザエビ)、メインは舌平目のムニエル。食事がシーフードだから、ワインは当然、白だろう。それでも、一応、可奈に訊くところが、ハリーらしい優しさだった。

彼が、ウエイターにワインを注文した。可奈は、ワインには全く詳しくない。彼に任せた。やがて、ワインとオードブルが来た。二人は軽く乾杯。ワインに口をつける。ハリーは、負けてしまった試合のことは、もう口にしなかった。それも、彼らしい優しさだろう。ワイングラスを手に、

「テニスは、日本ではじめたの？」と彼が聞いた。可奈は首を横に振る。「アメリカではじめたわ」と言った。自分のバック・ページを、ゆっくりと話しはじめた。


可奈は、名古屋の郊外で生まれた。

父親は、自動車メーカーに勤めていた。世界中に車を輸出している大手のメーカーだった。可奈が五歳の時、父親がアメリカ勤務になった。南カリフォルニア、サン・ディエゴの支店長として勤務することになった。

両親、可奈、そして妹は、サン・ディエゴに移り住んだ。

サン・ディエゴは温暖で、スポーツの盛んな土地だった。五歳の可奈は、ごく自然にテニスを始めた。スクールに入り、コートを走り回るようになった。

家に帰ると家族とは日本語で話し、外では英語を話す生活が始まった。

少女だった可奈は、テニスに熱中していった。一〇歳をすぎると、ジュニア選手と

して活躍するようになった。一三、四歳になると、ジュニアの大会で優勝争いをするようになった。

一五歳の時、父親のアメリカ勤務が終わった。一家は、日本に帰国した。日本の高校に通うようになっても、可奈はもちろんテニスを続けた。ジュニア選手として活躍し始めた。

高校の卒業が近づいたある日、コーチが言った。

「君は、プロの選手になるべきだ。世界で活躍できる選手になれる可能性がある」と……。

そのためには、狭い日本にいてはダメだ。海外のスクールで腕を磨くべきだと言った。可奈自身も、それは感じていた。海外には、優れたコーチやスクールがあるのも知っていた。

いろいろ調べた結果、マイアミに行くことにした。一年中温暖なマイアミ、そこにある〈NICテニス・アカデミー〉。多くのプロ・テニスプレーヤーを輩出していた。テニスの盛んなアメリカでも、屈指のアカデミーだった。

「一九歳のとき、アメリカに戻ったわ」可奈は、ハリーに言った。ワイングラスを口に運んだ。

彼女は、プロ選手の卵としてマイアミにやってきた。父親が勤めている自動車メーカーが、スポンサードしてくれることになった。大金ではないが、そこそこの資金をバックアップしてくれることになっていた。


可奈のアメリカ生活が始まった。

スペインから来たテレーザという選手と、アパートメントをシェアした。ほぼ毎日、アカデミーで練習する。出場できる大会があれば、エントリーする。そんな生活が始まった。

「成績は？」ハリーが聞いた。

「まずまずだったわ」と可奈。確かに、まずまずだった。小さな大会では、優勝にからむこともあった。が、優勝はできなかった。

「キャリア不足だったし……」可奈は、つぶやいた。その頃は、二〇歳。プロのテニス選手としては、スタートしたばかりと言える。

それでも、大会で上位に入ることが増えてきた。テニス雑誌で、〈有望な若手選手〉

として紹介されたこともあった。可奈の未来は、明るいものと思えた。世界ランキングも、順調に上がりはじめていた。

そんな可奈の上昇気流に陰りが出はじめたのは、二三歳の頃だった。理由はわからないが、大会での成績が明らかに低迷してきた。上位に進出する回数が、減ってきた。一回戦、二回戦で敗退してしまうことも増えてきた。上がっていた世界ランキングも、横ばいになってしまった。

それに伴い、スポンサードしてくれていた自動車メーカーから契約を打ち切られてしまった。経済的に苦しくなってきた。そこで、アマチュアにレッスンする仕事をはじめた。

そんなことを、可奈はさらりと話した。ハリーは優しくうなずきながら話を聞いていた。二人の前に、舌平目が出てきた。可奈もハリーも、ナイフとフォークを使い始めた。

「どんなスポーツでも、ちょっとしたスランプはくるんじゃない？」微笑しながらハリーが言った。

「そうかもね……」可奈は、答えた。〈ちょっとしたスランプ〉でないのは、確かだった。けれど、とことん優しいハリーに、あまり深刻な話はしたくなかった。

「多分、軽いスランプなんだと思う」と言った。ワインをひと口。ハリーも、ワインに口をつける。

「まぁ、そのおかげで僕は君と知り合うことができたわけだから……」と言った。ちょっとした告白だった。が、それは可奈にとって不快なものではなかった。ハリーの大人っぽさと優しさが、心地よくもあった。

二人は、なごやかに言葉をかわしながら食事を続けた。食後のコーヒーを飲みながら、

「今夜は楽しかったよ。また、こうして話ができるかな？」ハリーが言い、可奈はうなずいた。


何か物音……。

可奈は、ふと手を止めた。ハリーとの食事から帰ってきた。普段着の、Tシャツスタイルに着替えた。朝食の食器が、シンクに出しっぱなしだ。その食器を洗いはじめたところだった。ガレージの方で、何か物音がした。夜の一〇時半だった。

可奈は、手を拭《ふ》く。家の勝手口から出る。ガレージの方へ歩いて行った。スチールはまだ帰って来ていない。今夜は、仕事で寄るところがあると言っていた。

可奈は、ガレージの扉を開けた。小さな明かりだけがついている。目を凝らすと、ソファーにスチールがいた。

仰向《あおむ》けになっている。可奈は、近寄っていく。

「スチール」と声をかけた。

「大丈夫」とスチール。その声が少し苦しそうだ。

可奈は、さらに近づく。みれば、スチールの顔にアザがある。左目の下、大きな青黒いアザができている。仰向けになっている彼に、

「どうしたの、これ！」と言った。

「大した事ないよ」とスチール。

「大した事あるわ」可奈は言った。ガレージを出て家に入る。キッチンに行く。冷蔵庫を開けた。中に豚肉が入っている。三〇〇グラムほどの豚肉がラップに包《くる》まれていた。可奈は、それを持ってガレージに行った。スチールのアザに、冷たい肉を当てた。

「少しはマシになるはずよ」

「そいつらにお金を？」可奈は言った。「ああ……」とスチール。

相変わらず薄暗いガレージ。二人は、ラムの入ったコーヒーを飲んでいた。スチールは、ポツリぽつりと話す。

今夜、仕事のあと、彼は密航を斡旋《あっせん》した連中と会ったと言う。例の400ドルを渡したらしい。それはそれとして、

「残りの600ドルを一週間以内に払えと、奴らは言った」とスチール。「頭にきたおれは、それは無理だと言ってやったよ」

「……で、その青アザ？」可奈は聞いた。スチールは小さくうなずいた。

「その連中は、本気？」

「金に関しては本気だと思う。もし本当におれが600ドルを渡さないとしたら、殺そうとするかもしれない。連中にとっては、不法入国の人間を一人殺すなんて、どうってことはないから」

スチールが言った。

その夜、可奈は寝つけなかった。スチールのことがなんとしても気がかりだった。どうなるんだろう……。胸の中で何回もつぶやいた。

ふと、気づいた。ベッドサイドのテーブル。小さなペンダントがあった。それは、スチールから受け取ったものだった。

初めて出会ったあの夜。車の中で、彼が渡したものだった。可奈は、改めてそれを手にしてみた。銀色の十字架。それに細い鎖が付いている。見るからに安物だった。軽くて小さい。

可奈は、それを右手で握り締めた。ベッドに横になり目を閉じた。雨が降りはじめたらしい。窓ガラスに、雨つぶが当たる音がする。道路を走りすぎる車のタイヤノイズが、かすかに聞こえていた。寝付けなかった……。

「ねえ、ちょっと」と言う声がした。テニスコートの脇に、ジャネットがいた。

「あんたたち、コートを代わってくれない」とジャネットが言った。

練習していた可奈とリンは、ジャネットを見た。午後三時半。〈NICテニス・アカデミー〉の4番コートだった。

ジャネットは、7番コートで練習しているはずだった。それが、コートを代わってくれと言う。理由は分かっていた。太陽が低くなるこの時間、7番コートは眩《まぶ》しくなるのだ。練習がしづらい。

そこで、可奈たちにコートを代わってくれと言う。

可奈とリンは、顔を見合わせた。

ジャネットの勝手な言い分だった。けれど、最近ではいつものことだ。確かに、ジャネットは世界ランキングの上位選手。可奈が一回戦で敗退した大会でも、彼女は準優勝を飾っている。

「いいでしょう」とジャネット。もう、4番コートに入ってきている。自分は有力選手、可奈たちは世界ランキングがはるかに下。しかも、東洋系。そんなこともあり、遠慮は全くない。

可奈とリンは、肩をすくめた。顔を見合わせる。リンが〈しかたないね〉と言う顔をした。可奈も、うなずく。ここで喧嘩《けんか》してもしょうがない。ラケットやタオルを持ち、コートを出て行く。

「今日は、もう切り上げようか」とリン。「ハンバーガーでも食べに行こうよ」と言った。

その一時間後。可奈とリンは、アカデミーの近くにあるバーガー・インにいた。行きつけの店だった。アボカドの入ったバーガーと、スムージーを前にしていた。店のテレビでは夕方のニュースがはじまっていた。

「最近、ちょっと考えちゃってるんだ」とリン。フレンチフライをつまみながらつぶやいた。

「考えるって何を?」と可奈。

「うーん、このまま選手をやっていても、どうなるんだろうってね……」

リンが言った。可奈は、かすかにうなずいた。リンは、この前の大会でも一回戦敗退。可奈と同じで、成績が低迷している。しかも、彼女は可奈より三歳年上。もう二八歳になる。その年齢で、世界ランキング三〇〇位台と言うのは、けして良い状況ではない。もうすぐ更新される世界ランキングでは、四〇〇位台に落ちる可能性がある。

それは、可奈も同じなのだけれど……。

「で、どうするの?」

「うーん……デトロイトに帰って、テニススクールのコーチをやる手もあるかなと思うんだ」リンが言った。彼女はデトロイトの出身だ。

「両親も帰ってきて欲しそうだし……」とリン。その言葉には、少し寂しげなニュアンスが感じられた。華やかに見えるプロテニスの世界。けれど、そこにも、やはり光と影がある。

可奈は、無言でハンバーガーをかじろうとした。その時だった。リンが、

「え？」と声を出した。

リンは、店のテレビを見ていた。フレンチフライを手に、テレビの画面をじっと見ていた。可奈も、ハンバーガー片手に、テレビ画面を見た。

夕方のニュースが流れていた。何か、新製品の発表のようだった。どこかの企業が、新しく開発した製品を発表したらしい。

スーツ姿の男性が、テレビに映っている。じっと見れば、あのハリーだった。彼がテニス・アカデミーに来る時は、カジュアルな身なりをしている。なので、ハリーだと気づくまでに、しばらく間があった。

ハリーは、マスコミの連中を前にして、新製品の発表をしているらしかった。リンと可奈の目は、画面に釘付《くぎづ》けになった。

ハリーが発表しているのは、冷凍食品らしい。全く新しい製法で作られた冷凍食品のようだった。これまでの冷凍食品と比べて、格段に味が良いらしい。ピッツア、ラザニア、ハンバーグ。コーン、マッシュポテトもある。さらに、スペイン料理のパエリアなどもラインナップされている。それらを、ハリーが、手際よく説明していく。

彼が、食品メーカーに勤めている事は、可奈も知っていた。商品開発の仕事をしていることも……。けれど、マスコミを前にてきぱきと話している彼は、別人のようだった。

新製品の発表が、ひと通り終わった。女性のレポーターが、ハリーに質問を始めた。しばらくは、新製品について。そして、

「会社のCEOのご子息であるあなたが、この新製品の開発に直接関わった理由を聞かせていただけますか?」と訊いた。ハリーは微笑。

「新次元の冷凍食品を開発することは、父の夢でした。そこで、私が開発責任者としてこのプロジェクトを進めてきました。それがやっとこのような形になったというこ

とです」ハリーが落ち着いた口調で答えた。

〈CEOのご子息〉の言葉に、可奈とリンは、顔を見合わせた。

「これって、どういうこと？　知ってたの？」リンが聞いた。

「知らない、知らない」と可奈。「わたしだってびっくりよ」と言った。

ハリーが勤めている会社は、アメリカでも大手の食品会社だ。けれど、ハリーはその社員としか言わない。テニス・アカデミーにも、大衆的な中型車でやってくる。

CEO、つまり社長の息子などとは、誰も知らないだろう。

リンと可奈は、食べるのも忘れ、テレビ画面を見ていた。

# 6　キッチンで抱きしめた

「別に、隠していたわけじゃないんだよ」とハリーは言った。テニス・アカデミー。
午後二時。レッスンのために彼が来たところだった。可奈が、
「テレビで新製品の発表を見たわよ」と言ったのだ。それを聞いたハリーはちょっと
苦笑い。
「僕が食品会社の社員である事は事実で、たまたま親父がそのCEOなわけさ」と言
った。「このアカデミーでは誰も僕の立場を聞いてこなかったし、自分から説明する
ことでもないしね」
「それもそうか……」可奈は、つぶやいた。確かにそうだ。スクールで教わっている
人たちに、それぞれの立場を聞く事はあまりない。下手をすると、プライバシーに立
ち入ってしまうからだ。

「そんなことより、練習をはじめようよ」ハリーが言った。

「この前の食事は、とても楽しかったよ」とハリー。タオルで汗を拭《ぬぐ》いながら言った。

可奈は、礼を言う「わたしもよ」。ハリーは、白い歯を見せた。腕の汗を拭いながら、

「ところで、土日で空いている日はあるかな？」と訊いた。

「それはまあ、あるけど、デートのお誘い？」

「というか、友人が船を持っているんで、海をひとっ走りしないかと思って」ハリーは言った。

可奈はうなずきながら、〈友人の船〉というのは、どうかなと思った。彼自身が船を持っていそうだった。ただ、それを言わないところがハリーらしいとも思った。

「お誘い、ありがとう。予定を見てみるわ」と可奈。それは、もったいぶったわけではない。土日、テニスのレッスンが入っていることはよくあるからだ。

「空いてる日があったら、遠慮なく教えてくれ」とハリーが言った。

「いいなぁ」とリン。「船でのクルージング、それって立派なデートのお誘いじゃな

い」と言った。

「まぁねえ……」可奈は、つぶやいた。足首のストレッチをしていた。練習が終わり、クールダウンしているところだった。

「あ、そうだ」とリン。「ハリーって、弟とかいないの?」と訊いた。可奈は、思い返す。ハリーには、一歳違いの弟がいると聞いたことがある。それを言うと、

「あ、それってベリーグッド。ねえ、船のクルージング、行こうよ」リンが言った。

可奈は少し苦笑い。ストレッチを続けた。


え⁉

可奈は、思わず声に出していた。家に帰ったところだった。スチールが帰っているかどうか、ガレージを覗《のぞ》いた時だった。

彼がいつも寝ているソファー。そこに、一枚のメモ紙があった。走り書きがしてあった。可奈は、それを手に取った。かなり乱れた文字。

〈出入国管理局の人間が、仕事先にやってきた。どうやら、目をつけられているらしい。このままだと、君に迷惑がかかるから、住処《すみか》を変わるよ。お世話になって、心か

らありがとう〉

そう書いてあった。可奈は、何分かその走り書きを見ていた。そして、ため息をついた。

彼は、不法入国した人間。それに、出入国管理局が目をつけるのはあり得る話だ。予想できることでもあった。

とりあえず、今夜できる事は何もない。可奈は、家に戻った。ラムのソーダ割りを作った。ライムのぶつ切りを入れる。それを、ゆっくりと飲みはじめた。自分の心を落ち着けるために……。

その夜は、なかなか寝付けなかった。スチールのいない家は、何か空虚に感じられた。ベッドで、何回も寝返りを打った。

「ライシャ」可奈は、声をかけた。

地面に座っていたライシャは、顔を上げた。可奈を見た。相変わらず荒れたグラウンド。その端に、彼女は座っていた。疲れた表情で、フェンスにもたれていた。

「ああ、あんた……」とライシャ。けだるい口調で言った。「何か用？」

「スチールを探してるんだけど、居場所知らない？」

ライシャは、首を横に振った。可奈は、感じた。この子は嘘をついている。

「知ってるんでしょう？」と可奈。ライシャは、また首を横に振った。

「じゃ、これなら？」可奈は、テニスシューズを見せた。新しいシューズ。この前あげたのとは違う。全く新品のシューズだった。ライシャの目が見開かれた。手を出そうとした。

可奈は、シューズをさっと引っ込める。

「スチールの居場所を教えてくれたら、これあげるわ」と言った。

ライシャは、三〇秒ほど黙っていた。やがて、ぼそっと口を開いた。

「アパートメントの三階にいるわ」

「どこのアパートメント？」と可奈。ライシャは、振り向く。斜め後ろを指差す。

「一階が閉店しちゃったリカーショップ」と言った。可奈は、そっちを見る。茶色い三階建ての建物があった。

「あの三階建て？」訊《き》くと、ライシャはうなずいた。「サンキュー」可奈は言った。シューズを、彼女に渡す。歩きはじめた。

ひどい建物だった。

確かに一階はリカーショップだったらしい。けれど、窓ガラスが割れて、ベニア板が貼られていた。出入り口のドアには、スプレーの落書きがしてある。このあたりでは、珍しくない光景だけれど……。

建物の脇に階段がある。上の階には部屋があるらしい。可奈は、その薄暗い階段を上りはじめた。ゆっくりと上っていく。

二階の踊り場まで上がった。その時、黒い影が足元を走った。ネズミだった。可奈は、身震い。二歩後ずさり。ネズミは、走り去る。可奈は、また階段を上りはじめた。

三階の廊下。酒瓶やプラスチックのゴミが散らかっている。そんな廊下を可奈は、歩いていく。陽が入らず薄暗い廊下。左側のドアが、少し開いている。可奈は、そのドアをそっと開けた。

狭い部屋だった。破れたカーテンごしに、外の明るさが入ってきている。床にはゴミが散らかっている。家具は一つだけ。キャンプで使うようなベッドだった。そこに、スチールが寝ていた。

可奈は、ゆっくりと近づいていく。スチールが、うっすらと目を開けた。どうやら仮眠していたらしい。

「カナ……」小声で言った。一〇秒ほどして、可奈は、うなずいた。

「なんで逃げ出したの？」

「逃げ出したわけじゃない。君に迷惑がかかるから……」

「そんな心配いらないわ。戻ってきて。あなたが必要なの」と可奈。「ネズミと一緒に寝ていたいなら別だけど」と言った。

スチールが、ゆっくりと起き上がった。

「シャワーを浴びてきたら。すごい格好よ」

可奈は言った。一時間後。彼女の家。スチールは確かにひどい様だった。Tシャツもジーンズも汚れている。髪の毛には、ゴミがついている。

スチールは、素直にバスルームに入っていった。可奈は、彼の脱いだTシャツ、ジーンズ、ショーツなどを拾い上げる。洗濯機に放り込んだ。バスタオルを一枚、ドアの把《と》っ手に引っかけた。

「きのうは、何を食べたの？」可奈は訊いた。腰にバスタオルを巻いたスチールが、リビングに戻ってきたところだった。彼は、しばらく黙っていた。そして、「何も……」と言った。

「そんなことだと思った」可奈は言った。キッチンに行く。茹《ゆ》で上がったパスタをザルにとる。レトルトのミートソースをかける。粉チーズとタバスコもテーブルに出した。コロナ・ビールを二瓶……。

スチールは、ガツガツとパスタを食べはじめた。可奈もフォークを使いはじめる。二人は、コロナをラッパ飲みしながら、パスタを食べる。

蒸し暑い夕方だった。珍しいことではない。マイアミは、もともと湿度の高い土地だ。おまけに、天気が崩れはじめている。生暖かい風が吹いていた。

可奈も、タンクトップにショートパンツというスタイルでフォークを使っていた。チーズとタバスコをかけたパスタを食べていると、少し汗ばむ。

スチールは、あっという間にパスタを食べ終えた。ゆっくりと、コロナを飲んでいる。

　やがて可奈もパスタを食べ終えた。空になった皿を持ってキッチンに行く。キッチンでは、スチールが自分の使った皿を洗っていた。手を動かしながら、彼が口を開いた。

「言ってくれたよね」

「ん？」

「おれのことが必要だって。あれは……」

「言葉通りのことよ。嘘いつわりなく」可奈は言った。

「必要だなんて言われたのは初めてだ」スチールが、振り向きながら言った。次の瞬間、可奈を抱きしめた。

# 7　恋の嵐

唇と唇がぶつかった。そんな激しく熱い口づけ……一〇秒……二〇秒……。

やがて、唇を離す。可奈の前にスチールのアゴがあった。彼女は、少し身をかがめた。彼の胸に顔を近づけていく。スチールが身につけているのは、バスタオルだけ。上半身は裸だった。

可奈は、その胸に頬を寄せた。ライム・ソープの香りがした。コリコリと引き締まった褐色の胸。ライムの香り。彼女は、その胸に口づけをした。ライムの香りを吸い込んだ。スチールが、小さく息を吐いた。

やがて、スチールの手が動いた。可奈のタンクトップを脱がせた。可奈が、彼のバスタオルをとった。彼女は、ショートパンツと下着を自分で脱いだ。スチールが、可けして暗くはないキッチン。二人は、何も身につけていなかった。

奈を抱きしめ、キッチンマットの上に横たえた。また、熱い口づけ……。そして、二人は、嵐の中へ飛び込んでいった。


うっすらと目を開ける。可奈は、首をゆっくりと回した。カーテンごしに朝の光が差し込んでいた。自分のベッドだった。タオルのブランケットが体にかかっていた。首を逆側に回した。スチールが寝ていた。可奈が起きた気配に気づいたのか、彼も目を開けた。

目が合う。スチールが可奈の頰に触れた。短いキス、やがて長いキス……。二人の息が熱くなっていく。

第二セット開始……可奈は、胸の中でつぶやいた。スチールが、ブランケットをはいだ。二人は、昨夜のまま。何も身につけていなかった。朝の光が、部屋にあふれている。

可奈は、明るいところで裸になるのが好きではなかった。その主な理由は、陽灼《ひや》けにある。

テニスウェアで陽灼けしている。上半身はタンクトップのことも多いから、それはいいとして、問題は下半身だった。太ももの上の方まで、陽灼けしている。そこから上は陽灼けしていない。

それが、いかにも不格好に思えた。ハイレグ水着の陽灼けあとなら、さまになる。セクシーでもあるだろう。けれど、その自分の陽灼けは、どう見ても不格好だ。これまでの恋愛でも、ベッドに入るときは、照明を暗めにしたものだった。

陽灼けのためだけでなく、自分をさらけ出したくないという気持ちもあったと思う。

それが、スチールとこうしているときは、全く気にならなかった。明るさの中で、彼を迎え入れた。経験したこともないほど荒い声を上げた。びっしょりと汗をかき、彼の背中に爪を立てた。どこまでも熱く激しく……。

「それで、これから仕事はどうするの？」可奈は訊《き》いた。

午前一〇時半。可奈もスチールもシャワーを浴びて、軽い朝食をとっていた。嵐のあとの凪《なぎ》……。そんな、少し気怠《けだる》い時間が過ぎていた。

「窓枠の仕事は、もう難しいな。出入国管理局に目をつけられている」とスチール。ベーコン・エッグを食べながら言った。

「稼ぎはだいぶ減るけど、道路工事の仕事ならあると思う」

「道路工事……」可奈は、つぶやいた。

「仕方ないよ。働かないわけにいかないから。不法入国した人間ができる仕事は限られているし」スチールが言った。可奈は、複雑な気持ちでうなずいた。

「わあ、いい船……」リンが、はしゃいだ声を出した。

ペリカン・ハーバーの桟橋。かなり大きなクルーザーが舫《もや》われていた。まばゆいマイアミの陽射しが、海面に反射していた。ハリーの友人の船だという。確かに、若い白人男性が出航の準備をしていた。

可奈は、どうかなと思っていた。これは、ハリー本人の船のような気がする。詮索《せんさく》しても仕方ないが……。

リンは、そんなことは気にしていない様子。さっき紹介された、ハリーの弟と、もう親しげに話している。やがて、全員を乗せたクルーザーは桟橋を離れた。ゆっくりと走りはじめた。

三〇分ほどでビスケーン湾に出た。もう、昼が近い。クルーザーは、岸の近くに錨《いかり》を下ろしてとまった。

ランチタイム。ハリーの友人だという男性が、てきぱきと用意をした。シュリンプ、ホタテ貝などがたっぷり入ったシーフード・サラダがメインだった。そして、カリフォルニア産の白ワイン。

船のデッキで、なごやかなランチタイムが始まった。シーフード・サラダも、白ワインも、申し分なかった。海面を渡ってくる風は、サラリとしていた。リンは、ハリーの弟とにぎやかに話している。彼のほうも、まんざらでもないようだ。

可奈は、シュリンプをつまみ白ワインを飲みながら、ハリーと雑談をしていた。テニスのことを話していた。ハリーは、相変わらず微笑し、穏やかな口調で話した。陽射しは明るく、頰をなでる海風は優しい。

文句なく心地よい時間だろう。けれど、可奈は、言いようのない空虚さを感じていた。正確に言うと、満たされなさを感じていた。いまの自分が求めているのは、これではない、これではない何か……。けれど、求めているそれが何なのか、まだ見えてこない。

可奈は、目を細め海を眺めた。一羽のペリカンが視界をよぎっていった。

その夜。道路工事の仕事から帰ったスチールと、デリバリーのピッツアで夕食をとった。コロナ・ビールをラッパ飲みしながら……。海の上と違い、家の中は蒸し暑かった。

食後のダイニング。どちらともなく、抱き合った。可奈は、自分から服を脱いだ。何かを捨てるように、服を脱ぎ捨てた。二人はダイニングの床で、愛をかわした。可奈の肌は汗ばみ、スチールの肌からはライムの香りがしていた。

水曜日だった。午後五時半。練習を終えた可奈は、スチールと待ち合わせをした。スチールが工事現場で働き始めて二週間。この日、給料が出るという。そこで彼が何かおごってくれるという話になった。といっても、高い店に行く気はない。ハンバーガーで充分。

マイアミ・アリーナの近くにあるハンバーガー・ショップで、待ち合わせた。周囲はにぎやかだ。

二人は、パイナップルの入ったハンバーガーを食べながら話した。今、スチールが仕事をしている工事会社の社長は、キューバからの移民。それだけに、海外から入国した人間に親切だという。不法入国した人間もそこそこ雇っているらしい。

そんな話をしながら、二人はハンバーガーを食べ終え、店を出た。駐《と》めてある可奈の車に向かって歩きはじめた。

その時だった。道路の向こう側で、叫び声がした。男が二人。その片方がこっちを指さしている。

「やばい！」スチールが早口で言った。二人は、車に走る。すばやくドアを開け乗り込む。可奈がエンジンをかけた。男たちが追いかけてこようとしている。けれど、可奈はアクセルを踏んだ。

一〇分ほど走った。

「今のは、密航組織の？」可奈が訊いた。

「ああ」とスチール。「まずいな。君の顔を見られた。車のナンバーも覚えられたかもしれない」と言った。

「マイアミを離れる？」スチールが訊いた。家に戻ってきて、コーヒーを飲んでいる時だった。可奈は、うなずく。

「しばらくこの街を離れた方がいいと思う」と言った。

まず、密航組織の連中が気になる。これからもしつこくスチールを追い回すだろう。場合によっては命の危険もありそうだ。

「でも、そのうち連中が逮捕されるかも」可奈は言った。

大統領が代わって以来、密入国に対してひどく厳しくなっている。それまでのアメリカでは、密入国した人間も、一種の労働力と考えることが多かった。安い賃金でよく働くからだ。可奈が育ったカリフォルニアでは、メキシコからの密入国者、そしてここフロリダ州ではカリブ海からの密入国者たち……。

それら、不法入国した人間であっても、安い労働力として、アメリカ経済を下支えする存在。そんな風に思われていた。

ところが、大統領が代わり、何もかもが一変した。

つい最近のニュースでも、フロリダ州当局が密入国を斡旋《あっせん》する業者の摘発に当たっていると報道していた。

「あの連中も、そのうち逮捕されると思うわ」と可奈。「だから、しばらくの間、マイアミを離れた方がいいと思う」と言った。
「キー・ウエスト?」可奈は訊《き》き返していた。

# 8　キー・ウエストの夜は熱く

マイアミを離れるとして、さてどこへ行く……。それを話している時だった。スチールの口から、キー・ウエストという地名が出た。

「キー・ウエストか……」可奈は、つぶやいた。キー・ウエストは、フロリダ半島の南端にある小さな島。アメリカ本土の最南端だ。

あの作家・ヘミングウェイが屋敷をかまえていたことは、よく知られている。静かなリゾートであり、いまは観光地でもある。可奈は、マイアミで暮らしはじめて三年目に、仲間のリンと行ったことがある。

「いいかもしれない……」可奈は、つぶやいた。マイアミからキー・ウエストまでは、ルート1《ワン》をひたすら南西に走る。五時間から、七時間以上かかることもある。マイアミを逃れて滞在するには、うってつけかもしれない。

「でも、なんでキー・ウエスト？」可奈は、スチールに訊いた。彼は、アメリカに入国してすぐマイアミに来たという。キー・ウエストには行ったことがないだろう。数秒すると、彼が言った。「キー・ライム・パイ。テレビで見たんだ」

「あれか……」と可奈。キー・ウエストには、独特のライムがある。普通のライムに比べて香りも味もいいらしい。キー・ライムと呼ばれるそれを使ったパイは、キー・ウエスト名物でもある。可奈は、リンと行ったとき口にしたことがある。

「それを一度は……」とスチールが言った。しばらく考え、可奈はうなずいた。「オーケー、キー・ウエストに行きましょう」

翌日の夜明け。ごく簡単な荷造りをした二人は、可奈の車に乗った。薄明るいマイアミの街を抜け、やがてルート1に入った。南西に向かって走りはじめた。

スチールが、小さく何か歓声を上げた。ルート1を走りはじめて一時間半。行く手の左右に海が開けたときだった。

ルート1は、ここから先、ほとんど海の上を走る。

珊瑚礁《さんごしょう》でできた小さな島が、点々とネックレスのように続いている。ルート1は、そのネックレスをつなぎ、キー・ウエストまで続いている。それぞれの島には、レストラン、マリーナなどがある。

島と島の間、道路はひたすら海の上を走る。右側にはメキシコ湾、左側には大西洋。さえぎるもののない青く広大な海が広がっている。その圧倒的な風景は、よく映画やテレビコマーシャルに使われている。

初めてその風景を目にしたとき、スチールが思わず小さな歓声をあげたのだ。

「一応、連絡しとかなきゃね」可奈は言った。

午前九時半。珊瑚礁でできた島の一つ、アイラモラーダに来たところだった。ガソリンを入れ、朝食をとるために車を駐めた。

立ち寄ったカフェ。可奈は、スマートフォンを手にした。テニス・アカデミーにかけた。フロントのジョディーが出た。急用ができ、一週間ほど休みをとる、そのことを伝えた。

その後、スマートフォンをスチールに渡した。彼もいま仕事をしている工事会社に連絡する。休みをとることを伝えた。

「これでよし。さて、行きましょうか」可奈は言った。

「セヴンマイル・ブリッジ」ステアリングを握っている可奈が言った。

目の前にまっすぐな道路が続いている。セヴンマイル、つまり一〇キロ以上、ほぼまっすぐな海上道路がのびている。

視界に入るのは、空と海だけ。白い雲が点在する青空。エメラルドブルーの海が、道路の左右に広がっている。海の上に、ポツンポツンと白いボートが見える。

スチールは無言。そんな海と空の広がりをじっと眺めている。言葉を失っているようだ。

〈ウエルカム・トゥ・キー・ウエスト〉の洒落《しゃれ》たサインボードが、視界の端を通り過ぎる。車は、キー・ウエストに入った。

キー・ウエストは、静かな土地だ。高層ホテルなどはない。にぎやかなメインストリートがあり、観光客たちが歩いている。けれど、それ以外は、落ち着いた二階建ての住宅地が広がっている。その中に、瀟洒《しょうしゃ》なレストランやホテルが点在している。

まばゆい陽射しがあふれ、どの通りにも、ヤシの葉が揺れている。

可奈は、記憶を頼りにゆっくりと車を走らせる。以前、リンと滞在したホテルに予約の電話をしておいた。そのホテルに向かい、ヤシの木が並ぶ道を走っていく。


「あ、ここだ」可奈は、つぶやきながら車のスピードを落とした。キー・ウエストの南西。静かな住宅地の中に、そのホテルはあった。

二階建てで、部屋数は一五ほど。中庭に小さめのプールがある。けれど、リゾートホテルというより、モーターインに近いイメージだ。

可奈は、駐車場に車を駐《と》めた。二人は、小さな荷物を手にホテルに入る。彼女がクレジットカードを出し、部屋のキーをうけ取った。

部屋は一階だった。直接、プールのある中庭に出られる。質素だけれど、いちおう清潔な部屋だった。窓から見えるヤシの葉が少し枯れているのには、目をつぶる。

いまは観光シーズンではない。このホテルにも、宿泊客は少ないようだ。それは、いまの二人にとって好ましかった。

夜明けにマイアミを出てきたので、少し眠い。可奈は、仮眠することにした。サワサワと揺れるヤシの葉音を聴きながら眠りに落ちた。

その翌日だった。二人は、ホテルから町へ出た。とりあえずの買い物が必要だった。急いでマイアミを出てきたので、足りないものばかりだった。キー・ウエストの気温はマイアミよりさらに高い。部屋のエアコンは、あまりきかない。なので、中庭にある小さなプールにつかりたくなる。

そこで、可奈は水着を買った。スチールも派手なボードショーツを買った。

二人は、ひと息つくために、キューバ・カフェに入った。このキー・ウエストから、キューバはとても近い。キューバの文化や料理は、おなじみのものだ。

そのカフェにも、〈クバーノ・サンド〉つまりキューバ風のサンドイッチがあった。薄いパンに、ハムとチーズをはさむ。それを専用の焼き器にはさんで両面をこんがりと焼いたものだ。

可奈は、このクバーノ・サンドが好きだった。車ではなく歩いてきているので、この土地の代表的なカクテル、モヒートも二杯オーダーした。

モヒートを飲みながら、クバーノ・サンドを食べる。モヒートに入っているミントの香りが、体の中を吹きぬけていく。

それは、店を出た一〇分後だった。デュバル通りを歩いていた。観光客の人通りもある一角を歩いている時だった。

スチールの足が、ふと止まった。

可奈は、あたりを見回す。警官がいた。二人組の警官が、街角に立っていた。ただ日常的なパトロールをしている感じだった。健全で安全な観光地、キー・ウエストのイメージを守るために。

けれど、スチールの体は固まったように動かなくなった。可奈は、彼の腕に手をかけた。スチールは、Uターン。ゆっくりと歩きはじめた。

彼と並んで歩きながら、可奈はあらためて感じていた。スチールは、やはり密入国した人間なのだ。

それからの時間、二人は主にホテルで過ごした。中庭のプールサイド。チェアに寝転がり、風に揺れるヤシの葉を眺めた。暑くなるとプールに入り、ラッコのように仰《あお》向《む》けに浮かんだ。見上げる空、小型の水上飛行機がゆっくりと横切っていく……。

## 9　その勇気は、彼がくれた

「これが、キー・ライム・パイ……」スチールがつぶやいた。可奈は、小さくうなずいた。

キー・ウエストに来て三日目だった。可奈は、ひとりホテルを出て車を走らせた。

記憶をたどって、キー・ライム・パイの店に向かった。

店は、以前と同じ、通りの角にあった。クリーム色と薄いグリーンの可愛らしい建物だった。店に入ると、相変わらずいい匂いがした。

可奈は、キー・ライム・パイを買い店を出る。

その夜、二人はホテルのレストランで簡単な夕食をとった。部屋に戻ったところで、キー・ライム・パイをテーブルに出した。

見かけは、レモン・パイなどと同じだ。丸い形。上には生クリームがのっている。

二人は、フォークを使いパイを食べはじめた。スチールは、ゆっくりとした動作でパイを口に運ぶ。しみじみと、味わっている。

可奈も、フォークで口に運ぶ。確かにおいしい。キー・ライムは、爽《さわ》やかな味も香りも濃厚だ。それが、甘みとうまく溶け合っている。

あっという間に、パイは減っていく……。

残り四分の一ぐらいになったときだった。可奈は、パイの上にのっている生クリームを指ですくう。スチールの顔の前に差し出した。彼は、指先の生クリームをペロリと舐《な》めた。

今度は、スチールが生クリームを指ですくう。可奈の前に差し出した。可奈は、それを舐め始めた。けれど、クリームが多く、舐めるのに時間がかかる。

気がつくと、スチールの指を舐め回していた。

ふと、セクシーな気分になっている、そんな自分に気づいた。それは、彼も同じようだった。指先で、可奈の唇を撫《な》でる。生クリームのついた唇を、丁寧に撫でていく……。

やがて、二人の唇が重なった。お互いの唇からは、ライムと生クリームの香りがした。

キスが、長く熱くなっていく。どちらともなく服を脱いだ。ベッドに倒れ込む。生クリームのついた指で、お互いの体を撫で回す。濃密な時間が過ぎていく……。


「え？」テレビを見ていたスチールが小声を出した。

CNNのニュースが流れていた。キー・ウエスト滞在六日目の夕方。可奈も、テレビの画面を見た。

男性アナウンサーがやや早口で喋《しゃべ》っている。

〈フロリダ州警察は、密航組織のメンバー、六人を逮捕〉というアナウンス。

マイアミのダウンタウンらしい街角。古ぼけたビルの出入り口。男たちが、次つぎと警官に連行され、ビルから出てくるシーンが映っていた。

〈カリブ海諸国からの密航を斡旋《あっせん》する最大組織のメンバーを検挙した〉というアナウンス。スチールは、食い入るように画面を見つめている。

「この連中って、あなたを密航させた、例の？」可奈が訊《き》いた。スチールは、ゆっくりとうなずいた。

画面では、手錠をかけられた男たちが次つぎとポリスカーに乗せられていく。
〈州知事は、この検挙を大きな収穫とコメント〉アナウンサーが力を込めて言った。
やがて、ニュースが切りかわった。スチールが息をはいた。
「ということは、一段落？」可奈が訊いた。スチールが小さくうなずいた。

翌日の夜明け。可奈は、うっすらと目を開けた。カーテンごしに、淡い夜明けの陽が入ってきている。
可奈は、首を回す。隣りではスチールが寝ていた。目を閉じ、かすかな寝息を立てている。彼女はスチールの寝顔を見た。少年ぽさの残るその横顔を見つめた。記憶のページにとどめるように、じっと見つめていた。

午前一〇時。二人は、ホテルをチェックアウトした。車に乗り込む。キー・ウエストを後に、海の上のハイウェイを走りはじめた。時速45マイルで走る。ミラーの中で、キー・ウエストが遠ざかっていく……。

マイアミに戻った翌日、スチールは仕事に出かけていった。

電話がきたのは、午後二時過ぎだった。可奈は、テニス・アカデミーで練習をしていた。その練習もひと休み。サプリメントの入ったドリンクを飲んでいる時だった。

スマートフォンに着信。知らない番号だった。けれど、可奈は電話に出た。

「カナの電話？」

若い男の声だった。その英語に癖があった。Rの発音が、アメリカ育ちのものではなかった。嫌な予感がした。

「可奈だけど、あなたは？」

「スチールと一緒に働いてた者だ」

「……それで？」

「よくない知らせだ。会社に警察の捜査が入った。不法入国していた二人と雇っていた社長が連行された」と彼。スマートフォンを持つ可奈の手に力が入った。

「どうして……」

「密入国組織が摘発されて、連中から不法入国者の名前や情報が漏《も》れたみたいだ」

「で、スチールは、連行された？」

「ああ、どうしようもなかった」

　可奈の手が汗ばんでいた。

「彼は、どうなるの？」

「……ジャマイカに強制送還されるのは確かだろう」

「その後は？」

「確かじゃないが、不法出国してアメリカに不法入国したわけだから、ぶち込まれる可能性が高いな。ジャマイカ当局も、アメリカには睨《にら》まれたくないだろうし……」

　彼が言った。可奈は、大きく息を吐いた。

「わたしのこの電話番号は？」

「スチールから聞いていた。もし自分に何かあったら、あんただけには知らせてくれと……」

　黄昏《たそがれ》が迫っていた。

　可奈は、ひとり水辺にたたずんでいた。目の前には、広々とした運河が広がっていた。スチールと遭遇した翌日、二人でハンバーガーを食べた場所だった。

いま、太陽は西に傾き、逆光が水面に反射していた。スマートなクルーザーのシルエットが、右から左へ走りすぎる。ゆるやかな風が正面から吹き、可奈の髪を揺らした。

走りすぎるクルーザーのシルエットが、少しにじんだ。けれど、彼女は泣かなかった。唇をきつく結んで、こらえた。

心の奥のどこかに、こうなる予感があったのだ。どこまでも続く恋ではないという辛《つら》い予感が……。可奈は、目を細め水の広がりを見つめていた。頭上では水鳥の鳴き声がしていた。風が涼しくなりはじめていた。

それから三ヵ月が過ぎた。

マイアミの北、フォート・ローダーデールで開催されているテニス・トーナメント。全米テニス協会の公式試合だった。

可奈は、この大会で四回戦まで勝ち上がっていた。リンは、一回戦で敗退。高飛車なあのジャネットも、三回戦で敗退していた。

テニス・アカデミーの選手で、四回戦まで勝ち上がっているのは可奈だけだった。

試合前のロッカールーム。可奈は、テニスシューズの紐《ひも》をゆっくりと結んでいた。前かがみになって紐を結んでいると、首にかけたペンダントが垂れ下がって揺れた。

それは、スチールがくれたものだった。出会ったあの夜、車の中で彼が渡したものだ。小さな十字架に細い鎖。確かに安物だった。

彼女は、そのペンダントにそっと触れた。スチールと過ごした時間を、心の中でなぞっていた。

なぜ、彼にひかれたのか……。三ヵ月が過ぎたいまなら、はっきりと見えている。

それは、彼が持っていた〈切実さ〉だ。〈なりふりかまわず、必死で何かに立ち向かおうとする姿〉と言ってもいい。

そして、それこそが、テニス選手としての可奈に欠けていたものだった。そのことに気づくのに、多くの時間は必要なかった。漠然と感じていたことが、はっきりとした形になったとも言える。

そこまで思い返した時だった。大会スタッフがやってきた。「あと五分で、コートインです」と告げた。

ふとかたわらを見れば、スマートフォンにラインの着信。リンからだった。〈すごいね。四回戦、頑張って〉

可奈は返信した。〈ありがとう、死ぬ気でやるわ〉

スマートフォンをロッカーに放り込む。大きなラケットケースを肩にかけ、ロッカールームを出た。通路を抜け、テニスコートに出た。まばゆい陽射しに、一瞬、目を細めた。

四回戦なので、そこそこ観客が入っている。ところどころで、小さな日の丸が振られている。前から三列目のシートにあのハリーがいた。おそらく、今後もいい友人でいるだろう彼が……。

対戦相手は、カルロタというスペインの選手だった。主審によるルールの確認。コイントス。試合前の軽いラリー、サーブの練習。やがて、主審が「タイム」と言った。コイントスにより、可奈のサーブで試合は始まる。

彼女は、ベースラインに立ち、深呼吸……。首にかけたペンダントを、そっとテニスウェアの胸元に入れた。

ふと、空を見上げた。マイアミの抜けるようなブルーの空が拡がっていた。彼が、スチールが見上げる空も、こんな色をしているのだろうか……。やがて、彼女は前を見すえた。

ボールを三回コートで弾ませる、いつものルーティーン。目を細め相手コートを見た。

左手でゆっくりとボールをトスアップ。青空に黄色いボールが浮いた。可奈は、全身を使い、力いっぱいラケットを振り抜いた。鋭く乾いた音が、コートに響いた。

# 秋が二人を分かつとも

# 1

## 立派に腐ったリンゴ

ニューヨークは俗に〈BIG《ビッグ》 APPLE《アップル》〉と呼ばれている。

皮肉をこめて、〈腐ったリンゴ〉と言うニューヨーカーもいる。

いままさに、絵未《えみ》の前に、腐りかけた大きなリンゴが転がっていた。正確に言うと、売り物として店先に並んでいた。

「ねえ、ジョルジュ」と絵未。「これって、本気で売るつもりなの？」と訊《き》いた。

午後三時過ぎ。マンハッタンの南、イースト・ヴィレッジにある食料品店《グローサリー》。その店頭に、さまざまな果物や野菜が並んでいる。その最前列。大きめのリンゴが、二〇個ほど並んでいる。

「この立派なリンゴのことかい？」とジョルジュ。

「そう。この、立派に腐ったリンゴ」

言うと、ジョルジュは、肩をすくめた。にやりとして、イタリー系の人間らしい濃い口ヒゲを指先でなでる。

「腐ったじゃなくて、熟したと言ってくれ。これでアップルパイでも作れば絶品だぜ」

「勝手に言ってれば。とにかく、そこにあるレンズ豆を半ポンドちょうだい」

もう、春なんだ……。絵未は、歩きながら胸の中でつぶやいていた。イースト・ヴィレッジの通りをゆっくりと歩いていく。

ニューヨークというと、高層ビルのイメージが強い。けれど、実際には並木のある落ち着いた通りも多い。いま絵未が歩いているのも、片側一車線の静かな道路。道の両側には、カエデの並木がある。

カエデの枝先。グリーンの若葉が、ちらほら見える。それを眺めながら、絵未は自分の部屋に向かっていた。頬をなでる風にも、冬の冷たさはまったくない。

ジョルジュの店から、4ブロック。レンガ造り、五階建てのアパートメントに彼女の部屋はある。歩道から四段の石段を上がった。絵未はアパートメントの玄関に入っていく。

そっと、慎重に、絵末は包丁を使っていた。アメリカ製の切れない包丁で、玉ネギを刻んでいた。ピアノを弾くのが、彼女の仕事だ。指に怪我をするのだけは、避けなければ……。

三〇分後。レンズ豆のスープが出来上がった。スープというより煮込みに近い。これは、学生時代の友人に教わったものだ。

音楽院に通っていた頃、スウェーデンからきていた留学生のアンナが、このレンズ豆のスープを教えてくれた。スウェーデンでは、とてもポピュラーなメニューだという。

絵末は、レンズ豆のスープを口に運びはじめた。スプーンを使いながら、壁の時計をちらりと見た。いま、午後の五時四〇分。店でライヴがはじまる七時までは、一時間以上ある。絵末は、ゆっくりとスプーンを動かす……。

「やあ、エミィ、調子はどうだい？」

とオーナーのボブが言った。絵未は、ほとんどのアメリカ人から〈エミィ〉と呼ばれていた。ソーホー地区にあるピアノ・バー〈E7《イー・セヴン》〉。いま開店準備がおこなわれていた。店のオーナー兼バーテンダーのボブは、カウンターの中でグラスを磨いている。

「調子は、まずまずよ。ヤンキース並みかな」

絵未はボブに言った。地元の球団ヤンキースは、このところ三連勝している。ヤンキース・ファンのボブは、ニヤリとしてみせた。

そのときだった。

まだ客のいないテーブルを拭《ふ》いている一人の男に、絵未は気づいた。白人。三十代の半ばに見える。ダークブロンドの髪は、後ろになでつけている。セルフレームの眼鏡をかけている。

「ああ、新しいウエイターのヘンリックだ」とカウンターの中でボブが言った。

テーブルを拭いていた彼は、その手を止める。一、二歩、絵未の方に近づいてきた。

「彼女は、月・水・金に演奏しているエミィ」とボブ。わたしと彼は向かい合った。

「ヘンリック……ヘンリック・スコット」彼は言った。少し不器用に右手をさし出した。

「エミィよ。よろしく」

わたしたちは、短い握手をかわした。彼は、またテーブルを拭く仕事に戻った。そんな彼を見て、絵未は、へえ……と思った。彼の印象が、これまでのウエイターとはかなり違っていたからだ。

ウエイターは、いわば単純な仕事。給料も安い。だから、これまでウエイターをやっていた連中は、みな若かった。主に二十代の連中だ。アルバイトも多かった。

けれど、いま紹介されたヘンリックは、確かに三十代の半ばに見える。そして、ウエイターにありがちなタイプではなかった。どこか、知的な仕事の雰囲気を感じさせている。たとえば、大学の研究室にでもいそうに見えた。

心の中に小さな疑問を感じたけれど、それが、絵未とヘンリックの出会いだった。


「エミィ、〈D〉の音をくれないか？」

ベースのBBが、絵未に言った。BBの名前は、ベンジャミン・ボイルストーン。あまりに呼びづらいので、皆が〈BB〉と呼んでいる。

アップライト型ピアノの前にいる絵未は、うなずく。〈D〉の鍵盤《けんばん》をポーンと弾いた。BBが、それを聴きながらウッドベースの調弦《チューニング》をしている。ドラムスのジェイクが、ライド・シンバルの角度を調節している。

店内では、開店の準備が進んでいた。

キッチン担当は、ボブのワイフであるジェシカだ。チリビーンズを作っている香りが、かすかに漂っていた。

1《カチッ》！　2《カチッ》！　3《カチッ》！　4《カチッ》！

ドラムスのジェイクが、スティックを軽く鳴らした。スタートの合図《カウント》。絵未は、リラックスした姿勢で、指を鍵盤に落とす。

Em……Am……D7……。ビートルズの〈Can't By Me Love《キャント・バイ・ミー・ラブ》〉をアレンジした、そのイントロが流れはじめる。いまの三人でトリオを組んで、もう一年近い。息の合った軽快な演奏がはじまった。まだ七時一五分。お客の入りは、六割というところだ。

1《ワン》コーラス、2《ツー》コーラス。アドリブを16小節。元のフレーズに戻る。そして、エンディング。客席から軽い拍手がわく。お客の半分は、もう飲みはじめている。

絵未は、客席に笑顔を向けた。そして、二曲目に入った。〈Moon River《ムーン・リヴァー》〉。NYを舞台にした映画『ティファニーで朝食を』のテーマ曲だ。あまりに有名な曲なので、タイトルは言わず、演奏をはじめる。

「なんにする？」とボブ。カウンターの向こうからBBに訊《き》いた。午後九時半。2《ツー》ステージ目が終わったところだった。メンバーたちは、ひと息つこうとしていた。

「シュリッツ、頼むよ」とBB。ボブは、うなずく。冷えたシュリッツ・ビールをとり出した。BBの前に置いた。

そのときだった。鋭い音！　何かが割れた音が響いた。カウンター席についていたBBも、となりにいた絵未もふり向いた。

事態は、すぐにわかった。新しいウエイターのヘンリックが失敗をやらかしたのだ。カップル客のテーブルの上で、ワイングラスが倒れている。床にも、割れたガラスが散らばっていた。

キッチンから、ジェシカが早足で出てきた。手にはタオルを持っている。接客にはベテランのジェシカが、手ぎわよく片づけをはじめた。

「ごめんなさいね」絵未は言いながら、ジェシカの手伝いをはじめた。というのも、このカップル客は、絵未の友人。毎週のように店にきてくれるお客でもあった。

彼らは、「気にしないで」と言ってくれた。ただ見物していただけのヘンリックも、やっと気づいて、片づけを手伝いはじめた。

## 2　謎のヘンリック

「さっきは申しわけない」とヘンリック。ぽつりと言った。夜中近い午後一一時四〇分。閉店した店内だ。

ニューヨークの地下鉄は、あい変わらず治安が良くない。特に深夜になると、さらに危なくなる。毎週のように事件が起きている。そこで、お客たちの帰っていく時間も早くなる。この店でも、一一時半には最後のステージを終え、閉店する。

いま、お客たちのいなくなった店内はガランとしていた。ドラムスのジェイクも、ベースのBBも楽器を片づけ帰っていった。

自分の家がわりと近く、歩いて帰れる絵未は、少しゆったりとしていた。バーの冷蔵庫からハイネケンを出す。ゆっくりと飲みはじめた。オーナーのボブとジェシカの夫婦は、奥のキッチンで片づけをやっている。

ビールを飲んでいる絵未のところへ、ヘンリックがやってきた。少し沈んだ声で〈さっきは申しわけない〉と言った。ワイングラスを引っくり返したことを謝っているらしい。その表情があまりに落ち込んでいる様子なので、

「気にしない方がいいわよ」と、絵未は言った。グラスのハイネケンを飲み干す。

「わたしは、そろそろ帰るけど、あなたは?」

「ああ、僕も帰るよ」とヘンリック。

「地下鉄で?」

「いや、歩いて帰る」

ヘンリックは言った。絵未は彼の住んでいる所を訊いてみた。彼の説明だと、帰る方向は、途中まで絵未と同じだった。好都合だと彼女は思った。深夜の道を一五分以上歩いて帰るのは、NYでは安全とは言えない。

地下鉄ほどではないけれど、ときどき深夜の路上でトラブルや事件は起きている。途中までても、一緒に帰る相手がいるのは、悪いことではない。その相手が男性であれば、なおさらいい。

「じゃ、途中まで一緒に帰りましょう」絵未は言った。

「ねえ、お腹《なか》すいてないの？」

歩きながら絵未は言った。「……すいてるけど」とヘンリック。店を出て歩きはじめ、二、三分が過ぎたところだ。ヘンリックも、午後の六時頃から真夜中のいままで、食事をせずに働いていたはずだ。空腹で当たりまえだろう。

「家に帰れば、夜食でもあるの？」

絵未が訊いた。ヘンリックは、首を横に振った。「なんの用意もないよ」と、小声で言った。そうしているヘンリックは、映画の中で気弱な役をやっているヒュー・グラントに少し似ていた。

「わかったわ。この先に、行きつけのダイナーがあるから寄っていこう」絵未が言うと、ヘンリックはうなずいた。

さらに二、三分歩く。ソーホー地区《エリア》の端に、ダイナーはあった。

〈BECK'S GRILL《ベックスグリル》〉という。ベックという店主の名前を、そのまま店名にしてある。

薄暗い深夜の街並みには、人通りも少ない。そんな通りの角。〈BECK'S GRI

〈ＬＬ〉のネオンが光っている。夜の海に光る灯台のように……。窓ガラスごしに見える店内。今夜も、そこそこ客は入っているようだ。

絵未は、ドアを押して店内に入った。玉ネギを炒《いた》める香りが体を包んだ。とたん、空腹感がおそってきた。カウンターの中にいるベックが、絵未に気づいた。

「よお、エミィ」と、フライパンを片手に言い、笑顔を見せた。

絵未は、店内を見回した。すぐ目についたのは、警官たちだ。制服警官が二人、向かい合って何か食べている。夜勤の途中で、腹ごしらえをしているようだ。ベックが彼らの勘定を大幅にまけているのを、絵未は知っていた。警官がよく立ち寄る店には、強盗が入りづらい。店主のベックは、それを知っているのだ。

客席の半分ほどがうまっていた。長髪の若い四人組は、ロックバンドの連中だ。派手なメイクをして煙草をふかしている三人の女たちは、いわゆる商売女。ジャンパーを着た中年男二人は、タクシードライバーだ。カウンター席に一人でいる初老の男は、自称画家のキンケイド。グリニッジ・ヴィレッジにアトリエをかまえているというが、誰も彼の絵を見たことがない。

絵未は、空いている四人がけの席についた。ヘンリックもついてきて、向かい合って座った。絵末は角がボロボロになったメニューを手にした。自分がオーダーするものは決まっていた。絵末は、メニューをヘンリックの前に置いた。

やがて、ウエイトレスのスザンヌが席にやってきた。スザンヌは、昔、ブロードウェイの舞台に立ったことのある女優だったという。が、いまはただ、疲れた顔をした中年女に見える。

「なんにします?」とスザンヌ。ヘンリックは、まだメニューを見ている。

「いつものフィッシュ・バーガー、それにギネス」絵末は言った。スザンヌが、うなずいた。ヘンリックも、メニューから顔を上げた。

「じゃ……僕もフィッシュ・バーガー。それと、ライトビールあるかな?」

「ミラー・ライトならありますけど」

「じゃ、それを」とヘンリック。あまり酒に強くないのかもしれない。

スザンヌの後ろ姿を見送りながら、「フィッシュ・バーガーが、美味《うま》いのかい?」とヘンリックが訊《き》いた。

「美味しいっていうか、この店では一番ましだと思うわ」

絵末は言った。少し声のボリュームを落として、説明しはじめた。店主のベックは、イギリス系の人間だと自称している。現代のアメリカでも、イギリス系の人間は一目置かれているのだ。イギリスの食べ物ですぐ頭に浮かぶのが、フィッシュ&チップスだ。ベックによると、子供の頃からタラを使った揚げ物を食べていたという。

確かに、NYからそう遠くないケープ・コッド、つまり〈タラ岬〉では、いまもタラの漁が盛んだ。そんな、ケープ・コッドあたりからきたタラを使ったフィッシュ・バーガーが、この店の売り物になっている。

「で、ビールはギネスね」絵未は言った。イギリスの黒ビール、ギネスも、この店の定番になっている。

そんな話をしているうちに、ビールのグラスと皿が運ばれてきた。

皿の上にはタラのフライをはさんだバーガー。ピクルスを混ぜたタルタルソースがフライにかけられている。バーガーのわきにはフライドポテトとアルファルファ。

わたしは、ギネスをぐいとひと口。ふーっと息を吐く。ライヴ演奏の疲れが、ゆっくりと溶けていくのがわかる。テーブルの向こう、フィッシュ・バーガーを口にしたヘンリックが、小声で「美味い」と言った。

「結婚はしてないの？」

絵未は訊いた。たいした意味もなく訊いただけだ。フィッシュ・バーガーを食べ終え、コーヒーを飲みはじめたときだった。

「いちおう、してるよ」とヘンリックは言った。

「いちおう？」訊くと、彼は軽く苦笑した。

「まあ、結婚はしてるんだけど、彼女は、ワイフは、とても仕事が忙しくてね……。帰ってくるのは、いつも夜中過ぎなんだ」

「へえ……看護師さんか何か？」

「いや、ファッション誌の編集者でね」ヘンリックは言った。絵未は、眉《まゆ》をぴくりと上げ、微笑した。

「ファッション誌の編集者……すごいわね」

「すごいかどうか、わからないけど、すごく忙しいことだけは確かだね」かすかに苦笑したまま、ヘンリックは言った。

それ以上、話は、はずまなかった。二人は、勘定を払い店を出た。五、六分歩いたところで、お互いの行く方向が分かれる。絵未は、「じゃ」と言いヘンリックに手を振った。自分のアパートメントに向かい歩きはじめた。

〈え？〉絵未は、胸の中でつぶやいた。

三日後。土曜日の午後二時。ニューヨーク大学の図書館だ。絵未は、楽譜《スコア》のコピーをとりに、大学に来ていた。

ニューヨーク大学は、絵未のアパートメントから歩いて五分ほどの所にある。多くの大学と同じで、学生でなくても出入りできる。もちろん図書館も……。

そして、図書館には、コピー機が三台ほどある。コピー一枚につき5セントでとれるようになっている。コピー機のある場所では、絵未のアパートメントから一番近い。

そこで、楽譜のコピーは、いつもここでとっている。

きょう、絵未は S・ワンダー《スティービー》の譜面集《スコア・ブック》を持ってきていた。〈Stay Gold《ステイ・ゴールド》〉の楽譜をコピーしようとしていた。自分用とバンドの二人のために、コピーをとりはじめた。

五分ほどで、コピーをとり終える。後ろで待っている女子学生に場所をゆずった。

コピー用紙をクリアファイルに入れて持つと歩きはじめた。学生たちとすれちがいながら歩いていく。

絵未は、いま三二歳だ。けれど、日本人は海外で若く見られることが多い。おまけに、いつも気軽なジーンズ・スタイル。そんなこともあり、たいていのアメリカ人からは二十代に見られる。

ときには、〈二三歳か二四歳？〉と言われることもある。いま、こうして学生たちに交じってキャンパスの中を歩いていても、誰もふり返って見たりはしない。

絵未は、ゆっくりとした足どりで歩いていく。やがて、机が並んでいる一角にさしかかった。シンプルな机と椅子が並んでいる。何かノートに書き移している学生。教科書《テキスト》らしい本を広げている学生。

そんな中に、あきらかに学生ではない人もいた。読書をしているらしい初老の男、書類に目を通している中年女性などなど……。

そんな一角を、絵未は歩いていた。机の間にある通路を、ゆっくりと歩いていた。

やがて、思わず足を止めた。足を止めると同時に〈え？〉と、胸の中でつぶやいていた。

一人の男が、目に留まった。机に向かって、何か書いている。その横顔は、あのヘンリックだった。真剣な表情。机に広げたノートに、ボールペンで何か書いている。

絵未は、その知らぬ顔をして、その場から歩き去ろうとした。けれど、その瞬間、顔を上げたヘンリックと視線が合ってしまった。

お互いに、三秒ほど相手を見る。ヘンリックは、小さな声で、「や、やあ……」と言った。けして嬉《うれ》しそうな表情ではない。はっきり言って、〈あまり見られたくないところを見られた〉という顔だった。

しかも、図書館の中は静まり返っている。何かをしゃべれる状況ではない。絵未は、ヘンリックに小さく手を振った。回れ右。その場を立ち去った。

「Sorry《ソーリー》!」

鋭い声が通りに響いた。絵未の手から、コピー用紙が歩道に散らばった。

絵未のアパートメントまであと2ブロックの歩道だった。スケートボードで滑ってきた黒人の少年と絵未がぶつかった。正確に言うと、少年の体が絵未の肩に当たった。

少年のスケボーは、かなりのスピードを出していた。同時に、絵未は考えごとをしながら歩いていた。

それもあって、スケボーの少年を避《さ》けられなかったのだ。絵未が持っていたクリアファイルが宙に舞う。ファイルから、数枚のコピー用紙が歩道に散らばった。

少年はまた「Sorry!」と言った。歩道に散らばったコピー用紙をひろい集めてくれはじめた。悪い子ではなさそうだ。絵未も一緒にひろい集める。そうしながら、思い返していた。

さっき、図書館で偶然に見たヘンリックのことが気になっていた。彼は、あんなに真剣な表情で、何を書いていたのか……。それが、心に引っかかっていたので、注意力に欠けていた。それは確かだ。

それにしても、ヘンリックは、午後の図書館で何を書いていたんだろう。絵未は、楽譜のコピーをひろい集めながら考えていた。

## 3　こりゃなんだ

その疑問は、翌週にとけた。

月曜の夜。いつものように、ライヴが終わり、店は閉店した。片づけを終えると、絵未とヘンリックは一緒に店を出た。深夜のNY。途中まででも一緒に歩いて帰るのは、ごく自然だった。

その夜も、〈BECK'S GRILL〉に立ち寄った。まずはビールに口をつける。ふっとひと息。

「一昨日《おととい》は、意外なところで会ったね」とヘンリックの方から言ってきた。絵未は、うなずく。

「これから大学でも受験するつもりなの？」ジョークまじりに言った。ヘンリックは、軽く苦笑い。

「まさか」と言った。数秒考えている。「別に隠してたわけじゃないんだけど、脚本を書いてるんだ」と言った。

図書館で出会ったとき〈見られたくないところを見られた〉という表情を自分がしてしまった。そのことを弁解したい気持ちもあるようだ。

「脚本?」絵未は、ギネスのグラスを手にして訊《き》いた。

「ああ、ミュージカルの脚本なんだ」

「へえ、すごいじゃない。ミュージカルの脚本家」と絵未。ここNYが、ミュージカルの本場なのは、言うまでもない。

「いや、まあ……」とヘンリック。「ミュージカルの脚本といっても、作品が上演されるのは、なかなか難しくてね」と言った。

「そうなのね……。これまで、いくつの作品が上演されたの?」

絵未が訊くと、ヘンリックは一〇秒ほど無言でいた。取り調べをうけている容疑者のような表情で、

「……一作も」と言った。絵未は、飲みかけたギネスを吹き出しそうになった。思わず、

「一作も上演されていない!?」と訊いてしまった。ヘンリックは、暗い表情。小さく、うなずいた。

やれやれ……。絵未は胸の中でつぶやいた。よく考えてみれば、わかる。もし彼が一人前の脚本家なら、ウエイターの仕事をしているはずがない。訊いた自分が馬鹿だった。

ヘンリックは、暗い表情のまま、向かい合って座っている。目の前のミラー・ライトにも口をつけていない。絵未も、うまくフォローできそうにないと感じ、

「まあ、チャンスはこれからってことかも」と言ってあげた。

「これ、オーダーしてないわよ」という声がした。

ピアノ・バー〈E7〉。絵未の2《ツー》ステージ目が終わったところだった。絵未とベースのBBは、カウンター席にいた。ひと息ついていた。そのとき、背後で客の声がした。絵未たちはふり向いた。

三人連れの客がテーブルにいる。そのわきに、トレイを持ったヘンリックが立っていた。客の女性が、

「わたしたち、ピッツアなんてオーダーしてないわ」と、また言った。やがて、「すいません」とヘンリック。トレイにのせたピッツアを持ってキッチンに戻っていった。カウンターの中でオン・ザ・ロックを作っていたオーナーのボブが、〈しょうがないなあ〉という表情で肩をすくめた。

その夜、ヘンリックは四回、客のオーダーをまちがえた。

やがて、夜中近い午後一一時四〇分。

「ちょっとなあ……」とボブ。カウンターの中で、汚れたグラスを洗いながら、つぶやいた。閉店した直後だった。ヘンリックは、ロッカーで着替えている。

ボブが〈ちょっとなあ〉と言ったのは、もちろんヘンリックのことだ。今夜、仕事上のミスを連発した。店のオーナーとしては、もちろん困っているだろう。このままウエイターとして使っていくか、そろそろ迷いはじめて不思議ではない。

「なあ、エミィ」とボブ。「君は、ヘンリックと一緒に帰ってるよなあ。そこで相談だ。彼に、何か気が散るような心配ごとがあるのか、そのあたりを訊き出せないかなあ」と言った。

絵未は、帰りじたくをしながら、ボブの話を聞いていた。話を聞き、少し考えた。

〈面倒だな〉という思いもあったが、〈いちおうヘンリックの話を聞いてあげてもいいかな〉という気分も少しはあった。

結局、ボブにうなずいた。

「どれだけ聞けるか、わからないけどね」と言った。

「脚本のことが、つい気になってしまってね」とヘンリック。自分の方から話しはじめた。

いつものように〈BECK'S GRILL〉に寄った。ビールに口をつけたところだった。ヘンリックは、モスグリーンのセーター姿だった。そのセーターには、ところどころ毛玉ができていた。ワイフのいる三十代の男性というより、学生寮《ドミトリー》で生活している男子学生のようだった。

「脚本……いま書いてるやつってこと？」訊くと、うなずいた。

「着想は気に入ってるんだけど、なかなか物語づくりが進まなくてね……。なんとか完成しかけてるけど、それが気になって、仕事でミスばかりしてしまった。ボブにも迷惑をかけたのもわかってる。もうクビかな？」

絵未は、フィッシュ・バーガーの皿にあるフライドポテトをつまみ、口に入れた。ギネスをひと口飲んだ。

「まあ、野球でいえば八回裏のピンチってところね。難しい試合だけど、絶体絶命じゃないわ」

「ということは、いますぐクビにはならない？」

「そうかもね。ボブは、基本的に情の深い人よ。そう簡単にスタッフのクビを切ったりしないわ。あなたに、挽回《ばんかい》するチャンスはあると思うわよ」

「それは、どうすれば」

「簡単なことよ。これ以上、仕事でミスをしない」絵未は、ピシャリと言った。ヘンリックは、叱られた子供のように、うつむいた。無言……。早い話、返す言葉がないんだろう。絵未は、またギネスに口をつけた。パンチは充分にきいた。そこで、少し言葉をやわらげる。

「ところで、あなたがいま書いている脚本って、どんなものなの？　もう完成してるんだっけ？」と訊いてみた。

「脚本のプロットはできてるんだけど、興味があるの？」

ヘンリックが言った。絵未は、胸の中で、思いきり苦笑した。〈誤解してる。この男は、完全に誤解してる。誰も、あんたの脚本に興味なんか持ってないわよ〉そう心の中でつぶやいていた。

けど、それを口に出しはしなかった。ヘンリックの言葉が、あまりに無邪気だったからだ。仕方なく、「まあね……」と言った。

ヘンリックの表情が、ぱっと明るくなった。

「もし読んでくれるなら、明日《あした》にでも持ってくるよ」と言う。

〈いや、いらないわよ〉とは言えなくなってきた。絵未は、軽くため息。目の前にあるフィッシュ・バーガーを手にして、かじりついた。

「これ」とヘンリック。一冊の書類ファイルを絵未にさし出した。「ミュージカルの脚本」と言った。午後六時半。開店準備の最中だった。絵未は、そのファイルを手にした。突き返すわけにもいかない。楽譜《スコア》などが入っているショルダーバッグに、そのファイルを入れた。

ふーっ。絵未は、大きくため息をついた。ベンチの背にもたれる。〈これは、なんなんだ……〉と心の中でつぶやいた。

午後三時半。ワシントン広場《スクエア》。絵未は、並んでいるベンチの一つに座っていた。ワシントン・スクエアは、絵未の部屋から一番近い公園だ。

柔らかい春の陽が射していた。暖かくなってきたので、広場を歩いている人も多い。白人、黒人、チャイニーズ系、イタリー系、カリブ海の国からきたらしい人などなど……。

服装も、さまざまだ。

絵未は、アメリカに来て一五年近くになる。最初に驚いたのは、人々の服装だ。たとえば、一〇月はじめなのに、まだTシャツの人もいる。その逆に、ダウンパーカーを着ている人もいる。Tシャツとダウンパーカーが、歩道ですれ違っていたりする。そんな光景に慣れるのには、しばらくかかったものだ。

いまも、ちょうどそんな季節だ。Tシャツ姿の黒人、厚いセーターを着たイギリス系の男など、さまざまなスタイルの、さまざまな人種の人たちが、ワシントン広場を歩いていた。ホットドッグの匂いが、絵未の鼻先をよぎる。

そんな広場の隅にあるベンチに、絵未は腰かけていた。ヘンリックから渡されたあの脚本をめくっていた。あまり気は進まなかったけれど、コピーされた脚本をめくっていた。

彼によると、脚本のプロットだという。けれど、かなり詳しく書き込まれていた。

タイトル、〈ミュージカル『変身』〉。

イントロには、〈あのフランツ・カフカの名作『変身』を、ミュージカルとして上演したい〉。

カフカの『変身』は、絵未も知っている。音楽院に通っていた頃のこと。イギリスから来ている留学生のメイと一年間同じ部屋で暮らしていた。メイは、バイオリニストだけれど、読書が好きだった。暇があれば本を読んでいた。

そんな彼女がすすめてくれた本の中に、カフカの『変身』があった。不条理な世界を描いた小説だというのは知っていた。あまり興味はなかったけれど、メイがすすめるので、いちおう読んでみた。

読み終わり、まず感じたのは後味の悪さだった。

一人の青年が、朝起きてみると、なぜか大きな虫になっていた。それがタイトルの

『変身』だ。〈変身してしまった〉青年に、根本的な救いはない。困った家族も、虫になってしまった青年にあまり優しくない。

絵末は、ストーリーをきちんとは覚えていない。ただ、小説の結末、虫になった青年は死んでしまう。その後の家族たちのやりとりだと、〈やっかいなことが片づいた〉という印象だった。そこには、なんの救いも希望もなかった。それが、カフカの描く不条理だと言ってしまえば、それだけのことだろう。

ヘンリックの脚本は、その『変身』をミュージカルにしたものだという。

〈主人公の青年は、虫の着ぐるみに入ったまま。その顔は、最後まで現わさない〉

〈家族たちが唄《うた》う《哀しみのアダージョ》、《呪いのコーラス》、《告別のダンス》など……〉

虫の青年をとり囲む家族たちは、みな顔を白く塗り、黒い服を身につけているという。

その脚本のプロットを、三分の二まで読んだところで、絵末は大きなため息をついた。読むのをやめた。読めば読むほど、気分が落ち込んでいく感じだった。ヘンリックの脚本は、ひたすら難解だった。とても、ブロードウェイ・ミュージカルになると思えない。

もう一度ため息をつき、空を見上げた。樹々の枝先に若葉が見える。その先の青空……。ジョン・F・ケネディ国際空港から離陸したらしいジャンボジェットが、視界の端をよぎった。

「エミィ」

という女性の声。視線を戻す。目の前に立っていたのは、友人のマリアだった。

## 4　マイケル・ジャクソンの何が悪い？

「なんで、そんな難しい顔してたの」とマリア。絵未は苦笑い。

「ちょっとね」と言った。

一五分後だった。二人は、近くの屋台《ベンダー》で買ってきたパストラミのサンドイッチをかじり、ダイエットペプシを飲んでいた。

マリアは、ギリシャ系アメリカ人だ。年齢は、ほぼ絵未と同じ。黒い髪が豊かで、声量も豊かだ。彼女は、ゴスペルとジャズのシンガー。そんな仕事のあい間に、ティーンエイジャーを対象にしたカウンセラーをやっている。

あの9・11、いわゆる同時多発テロ以来、心を病んでしまったニューヨーカーは多い。そして、その影響は、子供たちにも出ている。部屋に引き込もる少年。学校に通わなくなった少女。あるいは、薬物に溺《おぼ》れる十代の子たち……。マリアは、そんなティーンエイジャーを相手に、教会の援助をうけたカウンセラーとして活動している。

「で、その難しい顔はどうしたのよ、エミィ。なんなら、カウンセリングしてあげようか？」とマリア。

「ほんと、なんとかして欲しいわよ。頭の中が、ぐちゃぐちゃ」苦笑しながら絵未は言った。

近くで、誰かが歌っている。絵未たちが腰かけているベンチから二〇メートルぐらい離れたところ。若い白人男が、ギターを弾きながら歌っていた。その前には、開いたギターケースが置いてある。気に入ったら小銭を投げ込んでくれということ……。マンハッタンのあちこちで見られる光景だった。演奏しているのは、ギター以外にもサックスや民族楽器だったりする。

その髪を伸ばした男は、ギターをかき鳴らし歌っている。が、演奏がひどく雑なので、立ち止まる人もいない。ギターケースに小銭を投げ入れる人もいない。

「一弦のチューニングがずれてる」絵未は軽く苦笑して言った。

「歌の音程もはずれてる」とマリア。絵未は、歌っている男は無視。ヘンリックの脚本のことを、マリアに説明しはじめた。

一〇分ぐらいで話し終わった。

聞いているマリアは、話の途中ですでに笑いはじめていた。「カフカが原作のミュージカル？　信じられない」と笑いながら言った。

マリアは、スタンフォード大学を出ている。本業は歌だけど、読書量も豊富だ。カフカの『変身』も読んだことがあるという。

「まあ、その脚本を書いた彼は、なんか、勘ちがいしてる。それは確かね」とマリア。「放っておくしかないんじゃない？」と言い、パストラミのサンドイッチをがぶりとかじった。

絵未は、マリアの言った通りにした。

つぎに店で顔を合わせると、ヘンリックは訊《き》いてきた。「あの、脚本、読んでくれたかな……」

絵未は、軽く苦笑し、「読みはじめてはいるんだけどね」と答えた。そして、「かなり難しい脚本だから、なかなか進まなくて……」と、つけ加えた。ヘンリックは、どうやら、それを信じたようだ。それからは、脚本について訊いてこなくなった。

そのまま、二、三週間が過ぎていった。

いまにも雨が降ってきそうな夕方だった。

絵未は、いつもより早く部屋を出て店に向かっていた。スリムジーンズにローファー。ショルダーバッグを肩にかけ、ソーホーの街角を歩いていた。〈GILLS《ギルズ》〉というドラッグストアのある四つ角で信号が赤になる。絵未は、歩道に立ち止まり、目の前を流れていく車を見ていた。

NYのイエロー・キャブ、つまりタクシーも、しだいに変わりつつある。昔ながらのアメ車から、丸みのある日本車に変わってきている。絵未は歩道に立ち、そんなイエロー・キャブの流れを見ていた。

そのときだった。客を乗せていない一台のタクシーが、ゆっくりと目の前を走り過ぎる。季節がら、窓ガラスは下げている。黒人のドライバーが、片腕をドアから出してステアリングを握っている。タクシーのカーラジオから、曲のワン・フレーズが流れてくる。歩道に立っている絵未に、そのフレーズが届いた。

ジャズだった。確かに、M《マイルス》・デイヴィス。空気を切り裂くようなトランペットが、絵未の耳に刺さった。左耳に刺さり、頭の中に反響した。けれど、タクシーはすぐに走り去っていった。M・デイヴィスの残響だけを頭の中に流して……。

歩行者用の信号が、青に変わった。

絵未は、また歩きはじめた。NYの空を見上げ、歩いていく……。その胸の中に、音楽院の学生だった日がフラッシュバックしていた。ジャズまみれだったあの頃……。ちょっとホコリっぽい教室の片すみで、青くさい議論をした。指の関節がしびれてくるまでピアノを弾き続けた。そんな時間が心によみがえっていた。

絵未は、過ぎた日のページをめくりながら歩いていく。マンハッタンの空にグレーの雲が拡がりはじめていた。

店に着くと同時に、雨が降りはじめた。

絵未は、ボブから預かっている合鍵《あいかぎ》を使いドアを開けた。雨が降りそうなので、かなり早目に出てきたこともあり、店にはまだ誰もいない。静まり返っている。

絵未は、ショルダーバッグを置くと、ピアノに歩いていく。ピアノの蓋《ふた》を開け、その前に座った。開店前の、ひんやりしてかすかにホコリっぽい空気。それが、学生時代を思い起こさせた。

気がつくと、両手の指が鍵盤《けんばん》の上を走っていた。指の運びは体が覚えている。絵未はリラックスすると同時に熱を込めピアノを弾きはじめていた。

弾いているのは〈Just In Time《ジャスト・イン・タイム》〉。あのK《キース》・ジャレットがCDに入れたものだ。

絵未は、無心に指を走らせていた。ゆるやかに……。そして、ときには激しく鋭くハイノート（高音部）に駆けのぼる。絵未は、一瞬呼吸を止めて指を走らせる……。

何分たっただろう。気持ちの高揚が静まっていく。絵未は、最後に4小節のエンディングを弾いた。ゆっくりと弾き終わる。ひと呼吸……。鍵盤から指をはなした。そのときだった。

「すごい」という声がした。

ふり向く。ヘンリックが出入口の近くに立っていた。セーターの肩が、雨で濡《ぬ》れている。

彼がいつ店に入ってきたのか……。ピアノを弾くことに集中していた絵未は、まるで気づかなかった。

「すごい演奏だったよ」とヘンリック。絵未は、肩をすくめてみせた。〈それほどでも〉というつもりだった。が、ヘンリックは、それに気づかなかったようだ。

「君が、これほどのジャズ・プレーヤーだったとは、驚いた」彼は言った。絵未は何か言おうとした。けれど、そのときドアが開いてボブが入ってきた。話は、そこで中断した。


その夜。一一時五〇分。店を出た絵未とヘンリックは、雨上がりのマンハッタンを歩いていた。かわす言葉は少なかった。ヘンリックから脚本を渡されて以来、絵未はあまり彼と話さないようにしていた。〈脚本、どうだった?〉と訊かれても、答えようがないからだ。

その夜のヘンリックも、かなり無口だった。けれど、ただ黙っているわけではなさそうだった。何か言いたそうだった。

まだ雨で濡れている歩道に深夜営業しているカフェのネオンが映っていた。湿気を含んだ空気が、ひんやりと頬をなでる。年代物のシボレーが、ゆっくりと車道を走っていく。

何か、思い切ってという様子で、ヘンリックが口を開いた。

「……誤解しないで聞いて欲しいんだけど、君のことが心配なんだ」

絵未は、並んで歩きながら、ヘンリックの横顔を見た。彼が何を言おうとしているのか、よくわからなかった。

「心配？　何が？」と訊き返した。ヘンリックは、しばらく黙っていた。やがて、

「その、ピアニストとしての君が……」と言った。

「ピアニストとしてのわたし？　それの何が心配？」と絵未が訊いた。

「いや……その、辛《つら》くないかなと思ってね」

「辛い？」

「ああ、君ほどのジャズ・ピアニストが、店ではポップスの演奏をしている……。それが辛くないのかなと思ってね」

ヘンリックが言った。絵未は心の中で〈ああ……〉とつぶやいていた。彼が言いたいことが、だいぶわかってきた。ひと息……。

「わたしは、ポップスを演奏することが辛くもなんともないし、楽しんでるわよ」
四、五秒して、ヘンリックが小さくうなずいた。とっくに閉店しているブティック。

ショーウインドウにだけ明りがついている。マネキンが、すでに夏物のTシャツとショートパンツを身につけていた。

「じゃあ、こう言おうか。ポップスを演奏するのが楽しいとしても、それで、自分の才能を無駄遣《づか》いしてないのかい？」

「才能の無駄遣い？」

絵未は、思わず口にした。〈何を言ってるの、このバカ〉と言ってやろうとした。けれど、ちょうど通りの角にやってきた。絵未とヘンリックの帰り道が分かれる、その角だった。彼女は、ヘンリックとこれ以上の話をしたくなかった。ただ、「じゃ」とだけ素っ気なく言った。彼を見ずに、自分のアパートメントに向かって歩きはじめた。

二日後。夜の一〇時。3《スリー》ステージ目を終えた絵未たちは、カウンター席で休憩していた。お客は八分の入りだった。店内には、B《ボビー》・コールドウェルの曲が低いボリュームで流されていた。

ヘンリックが、絵未のところへ近づいてきた。片手に紙きれを持っている。

「リクエスト」と言い、紙きれを絵未に渡した。この店では、客からのリクエストをうけつけている。もちろん、リクエストされても、できる曲できない曲はあるのだけれど……。

ヘンリックが渡した紙きれを絵未は見た。〈I'll Be There《アイル・ビー・ゼア》〉。まだ少年だったM《マイケル》・ジャクソンが歌った曲だ。その後、M《マライア》・キャリーがカバーしている。

絵未は、持っているソング・ブックを思い返す。この曲の譜面《スコア》は載っているはずだ。ベース、ドラムスなしでなら、できるだろう。

やがて、つぎのステージがはじまる。絵未は、低いステージに歩きはじめた。とちゅうで、ヘンリックとすれちがう。立ち止まったヘンリックが小声で、

「リクエスト曲、やるのか？」と訊《き》いた。

「たぶんね」

「なぜ、マイケル・ジャクソンの曲なんか……」とヘンリック。

「誰の曲でも関係ないわ。あなたにどうこう言われる理由はないでしょ！」言い切ると、絵未はステージに歩いていく。

そのステージの最後、

「じゃ、リクエストされた曲をやるわね」絵未は言った。ピアノ・ソロで、〈I'll Be There〉を弾きはじめた。曲が流れはじめると、リクエストをしたらしい黒人のカップルが拍手をし、笑顔で親指を立てた。

# 5　いわば冷戦

「ちょっと待ってくれよ」とヘンリック。早足で歩いていく絵未に、ヘンリックが追いついた。

深夜〇時近く。店を出たところだった。絵未は、ヘンリックと一緒に帰りたくなかった。一人で店を出て、すたすたと歩きはじめた。後から店を出てきたヘンリックが早足で追いかけてきた。

〈ちょっと待ってくれよ〉と言い、小走りで追いついてくる。

絵未は、仕方なく足を止めた。

「なんの用なの」ヘンリックをまっすぐに見て鋭い口調で言った。

「さっきのリクエストの件は、僕も、よけいなことを言い過ぎたかもしれない」

「その通りよ」絵未は、ショルダーバッグを肩にかけたまま、腕組みをした。

「でも、心配だったんだ。君があれほどの才能を無駄遣いしてることに……」

「わたしが才能を無駄遣いしてる？　そんなことを心配するなら、まず自分の才能の心配をしたら」

「ぼ、僕の才能？」

「そういうこと」絵未は、ショルダーバッグから、ヘンリックから渡された脚本をとり出した。返してやろうと思い、持っていたものだ。そのファイルを、さし出した。

「これって、僕の脚本……」とヘンリック。

「こんなもの、脚本でもなんでもないわ。ひとりよがりの落書《らくが》き。ただのゴミよ、ゴミ」

絵未は言いながら、ファイルをヘンリックに突き返した。ヘンリックがそれを手にすると、絵未は回れ右。早足で歩きはじめた。

「それ、あのケネディが大統領だった頃のアメリカと旧ソ連ね」とマリア。ベーガルを前にして言った。

「それって、冷戦ってこと？」絵未が訊くと、マリアはうなずいた。昼下がり。二人は、グリニッジ・ヴィレッジにあるダイナーにいた。遅めの昼食をとっていた。マリアが食べようとしているのは、丸いベーガルを半分に切り、イタリー産の生ハムとアボカドをのせたものだ。このダイナーの人気メニューだった。

日本人向けのガイドブックだと〈ベーグル〉と書かれているけれど、アメリカ人の発音だと、ベーガルに近い。

絵未は、七面鳥《ターキー》のサンドイッチに、たっぷりのマスタードをつけて食べていた。

「冷戦ねえ……」絵未は、唇の端についたマスタードを拭《ふ》きながらつぶやいた。このところのヘンリックとのやりとりを、マリアに説明し終わったところだった。

確かに、ヘンリックとは冷戦かもしれない。絵未は、店で顔を合わせても知らん顔をしている。ヘンリックの方でも、絵未に話しかけてはこない。

「まあ、いいんじゃない？　面倒がなくなって」とマリア。絵未は笑顔になった。元気よくサンドイッチの残りにかぶりついた。

夜九時半。絵未が、カウンター席でひと息ついているときだった。

「あの客、今夜も来てるな」とボブ。カウンターの向こうから小声で絵未に言った。

その客には、絵未も気づいていた。この二、三週間、絵未が演奏する夜に必ず一人で店にやってくる。

この店では、一人の客は目立つ。多くがカップル客で、二、三人のグループもいる。みな、飲んだり食べたりしながら演奏を楽しんでいる。そんな中で、一人で来ている客がいると、どうしても目立つのだ。

その客は、白人男。三十代の前半だろうか。髪は黒くちぢれている。色がやけに白い。黒ぶちの眼鏡をかけている。黒っぽいパーカーを着ている。ボブによると、いつもバーボンのオン・ザ・ロックをオーダーする。が、あまり飲まない。数時間も店にいて、せいぜい二杯。ウィスキー以外は何もオーダーしない。

その客が一種不気味なのは、まず、無表情だからだ。曲が終わっても、拍手をするわけでもなく、何も表情にあらわさない。ただ、壁ぎわの席でじっとステージを見ている。それは絵未も気づいていた。

ボブによると、その男が店に来るのは、月曜、水曜、金曜。絵未がピアノを弾く日だ。それ以外の日には来ないという。

「絵未のファンなのかな？」とボブ。

「そうかも」絵未は言った。ふり返り男の方を見た。男は、壁ぎわに置かれた黒い像のように、じっとしている。絵未は何かジョークを言おうとしたけれど、うまい言葉が出てこない。

さらに一〇日ほど過ぎた月曜だった。その客は、その夜も来ていた。いつものように壁ぎわの席に一人で腰かけていた。バーボンのグラスを前に、無表情でステージに目を向けていた。

やがて、3ステージ目が終わった休憩時間。ヘンリックが、一枚の紙きれを絵未のところへ持ってきた。

「リクエスト」

と言った。絵未は、紙きれを見た。そこに書かれている曲名らしいものを見た。〈Blackbird《ブラックバード》〉と走り書きされていた。ビートルズの曲だと思うけれど、弾いたこともないし、楽譜《スコア》もない。

「これ、誰から?」と絵未。

「壁ぎわに一人でいる客」

ヘンリックが言った。

絵未は、そっちを見た。一瞬、あの男と目が合った。絵未は、すぐに視線をはずした。鮫《サメ》のように無表情な眼が心に残った。

その夜、最後になるステージ、ラストの曲。絵未は、

「最後に演奏するのは、エリック・クラプトンの〈Change The World《チェンジ・ザ・ワールド》〉です」と言った。そして、ゆったりと演奏をはじめた。

やがて、曲が終わり、客席から拍手がわき上がった。絵未は、ピアノの鍵盤《けんばん》から顔を上げた。ふと見ると、壁ぎわの席にいたあの男は、いつの間にか姿を消していた。

「走れ！」

マリアが大声をはり上げた。ヤンキースのランナーが、三塁ベースを蹴《け》ってホームに走っていた。マンハッタンの北にあるヤンキース・スタジアム。いま、ニューヨーク・ヤンキースとボストン・レッドソックスの試合が、クライマックスをむかえていた。絵未とマリアは、ゲート6《シックス》に近い外野席にいた。

八回裏。ヤンキースの攻撃。二塁にランナーを置いて、ライト前のヒット！　ヤンキースのランナーが、三塁を廻《まわ》ってホームに突進する。レッドソックスの外野手が全

力でホームに向けて送球した。そこでマリアが、〈走れ！〉と叫んだのだ。ホームベースで、きわどいクロスプレイになった。ランナーが、ホームに滑り込む。ボールをうけたキャッチャーがタッチしようとした。けれど、ランナーがベースに滑り込む方が一瞬早かった。

ヤンキースに勝ちこし点。

スタジアムに、歓声が響く。地元のヤンキース・ファンたちの叫び声が爆発した。空になった紙コップが宙を飛んだ。

騒ぎは、五分ほど続いていた。やがて、それも静まっていく。ヤンキースの次のバッターが三振し、攻守のチェンジ。レッドソックス、九回表の攻撃に移る。スタジアムは、ひととき静かになった。

マリアは、さっき絵未が渡した紙きれをとり出した。あの男から渡されたリクエストの走り書きだ。〈Blackbird《ブラックバード》〉は、やはりビートルズ・ナンバーの一曲だった。ただし、譜面も何もないので、演奏しようもない。

このリクエストをした男は、あの夜以来、店に来ていない。それまで絵未がピアノを弾く夜は、必ず来ていたのに……。それは少し不気味でもあった。

そんないきさつを、絵未はマリアに話してある。この試合の途中で「どう思う？」と訊《き》いていた。

「そうねえ」とマリア。「確かに、普通の状況じゃないわね」と言った。マリアが大学で心理学を専攻したことを、絵未は知っていた。

「前提として、その男は相当に変ね。まず、なぜこの曲を絵未にリクエストしたか」とマリア。絵未は、うなずいた。

「そう、ビートルズ・ナンバーだけど、知っている人が少ない曲……」と言った。

「そうなんでしょうけど、その男は、そう思ってないかもしれない」

「そう思ってない……」

「うん。その男が、変な人間だとすると、見当違いな思い込みをしてる可能性がある」とマリア。

「思い込みって？」

「それは、自分が知ってる曲なんだから、絵未も知っていると勝手に思い込んでリクエストをしたってこと。ところが、絵未がその曲を演奏してくれなかったので、裏切られたと思い込む。それで、店に来なくなった」

「そんなこと……」

「あり得るわ。そういう自分勝手な思い込みは、よく犯罪の原因になるの」

「犯罪……」

「そう。理不尽だけど、自分が無視された、裏切られたと思い込んで、相手に危害を加えるのは、けっこうあることよ。絵未、いちおう用心しといた方がいいわね」

マリアは言った。グラウンドでは、ヤンキースのピッチャーが、バッターを一塁ゴロにうちとった。スタジアムに拍手と歓声があふれる。けれど、絵未は、マリアから返された紙きれをじっと見ていた。〈Blackbird〉と走り書きされた小さな紙きれを……。

マリアが言ったことは、現実になった。

三日後。深夜。演奏を終えた絵未は店を出た。ヘンリックとは冷戦中なので、一緒に帰らない。一人で歩きはじめた。暖かく湿度の高い夜だった。街並みに、人の姿は少ない。

歩きはじめて三、四分。絵未は、背後に人の気配を感じた。用心していたので気づいたのかもしれない。

絵未は、一瞬ふり向いてみた。三〇メートルほど後ろに、人影。あたりが薄暗いので、はっきりとはわからないけれど、背が高めの男らしい。あいつか……。

絵未は、前を向き、また歩きはじめた。1ブロック歩き、歩きながらふり向いた。男の姿は、ない。また歩きはじめる。2ブロック歩き、歩きながらふり向いた。いた……。やはり、三、四〇メートル後ろに、男の姿。

絵未は、歩くスピードを上げた。そうしながら、ふり向く。後ろの男も歩く速度を上げたようだった。

そのとき、いく手にネオンが見えた。〈BECK'S GRILL〉だった。絵未は、小走りになる。店のドアにたどり着く。ドアを開けて入った。

ほっと息をつく。

店内の席は、三分の一ほどうまっている。警官の姿はない。絵未は、空いている席にかけた。ウエイトレスのスザンヌがやってきた。

「どうしたの？　息を切らせて」と訊いた。

「ちょっとね」絵未は答え、とりあえずギネスをオーダーした。

店で一時間ほど過ごす。店主のベックに相談しようかとも考えた。けれど、本当に尾行されているのか、確かではない。

絵未は、勘定をすませる。そっと店のドアを開けた。あたりに人の姿はない。ゆっくりと店を出る。アパートメントに帰り着くまで、怪しい人影は現れなかった。

# 6

## 僕は、どこかで道を間違えた……

けれど、二日後、事態はさらに悪化した。

店を出ても、尾《つ》けてくるような人影は見えない。絵末は、〈BECK'S GRILL〉に寄り、フィッシュ・バーガーを食べた。勘定をすませ、店を出る。

歩きはじめて三分。ついふり向くと、四〇メートルほど後ろに人影。あきらかに男だった。心拍数が上がるのを絵末は感じた。彼女がこの店に寄るのがわかっていて、待ちかまえていたのかもしれない。

絵末は、歩くスピードを上げた。けれど、男との距離は開かない。このまま歩いていくと、アパートメントの場所を知られてしまう。

絵末は、通りの角を左に曲がった。１ブロックいくと、今度は右に曲がった。けれど男は尾《つ》けてくる。

どうしよう……。胸の中でつぶやいたときだった。五〇メートルほど先に、ポリスカーが見えた。回転灯はつけていないけれど、エンジンをかけ路肩に駐《と》まっていた。絵末は、ポリスカーに向かって小走り。車の近くまでいくと、ドアが開き、若い白人の制服警官が一人おりてきた。

「どうかした？」と警官。絵末は早口で説明した。〈正体不明の男に尾《つ》けられている〉と話した。警官が、うなずいた。絵末がふり向くと、男の姿はなかった。ポリスカーを見て、姿を隠したのかもしれない。

結局、その夜はポリスカーでアパートメントに送ってもらった。

「そいつは危険だな」とボブが言った。月曜の夜、六時半。開店前だった。

つい二日前、事件が起きていた。セントラル・パークの東側。深夜の通りで、強盗事件が起きた。犯人に抵抗した黒人女性がナイフで刺され重傷を負った。絵末の件とは関係なさそうだった。けれど、NYが犯罪の多発する街であることに変わりはない。

「なんとかしなくちゃ、まずいな」とボブ。開店前の準備でテーブルを拭《ふ》いているヘンリックに、

「ちょっと」と声をかけた。ヘンリックが、カウンターの方にやってきた。ボブは、絵未とヘンリックを見る。

「いまの話、聞こえてたよな？」とヘンリックに言った。「エミィが、怪しい男に尾行されてるって話だ」

ヘンリックが、小さくうなずいた。

「何か手を打たなきゃならない。君ら二人が、最近は一緒に帰っていないのには気づいてた。事情は知らないがね」

とボブ。このところ、絵未とヘンリックは別々に店を出ていくようになっていた。一緒に帰っていないのは、ごく自然にわかるだろう。

「事情がどうあっても、エミィを一人で帰らせるのはまずい。君が一緒に店を出て、彼女のアパートメントまで送っていってくれないか」

ボブは、ヘンリックに言った。絵未は、当然、乗り気ではなかった。〈面倒だな〉と思った。けれど、ストーカーに襲われたら、もっとやっかいだ。

ここは日本とは違う。ストーカーが、刃物はもちろん、拳銃《けんじゅう》などを持っている可能性もあるのだ。

やがて、ヘンリックがうなずく。彼も、あまり乗り気ではない表情。それでも、

「わかったよ、ボブ」と言った。

「ひとつだけ、ルールを決めたいんだけど」

絵未は言った。その日の閉店後、ヘンリックと一緒に歩きはじめたところだった。

「ルール？」とヘンリック。

「ええ。わたしを送ってくれることには感謝する。でも、お互いのためにシンプルなルールを決めておきたいの」

「……それは？」

「ごく簡単なことよ。お互い、無理して話をしない。本当に必要な時だけ口をきく。どう？」

絵未が言った。ひと呼吸おき、ヘンリックがうなずいた。

実際、その夜は、ほとんど話さず、絵未のアパートメントまで歩いた。不審な人影は見えなかった。やはり、二人で歩いていたのが効果を発揮したのだろうか。

「ありがとう」

アパートメントの前で絵未は言った。ヘンリックは、無言でうなずいた。一度だけ手を振り、歩き去っていった。

そんな日々が、しばらく続いた。並木の緑が濃くなっていく……。

「あの」とヘンリック。「何か食べていかないか？」と言った。

二人で帰るようになって、三週間が過ぎていた。その夜も、閉店した店から一緒に出た。並んで夜道を歩きはじめたところだった。二人で帰るようになって以来、尾行してくる人影は見えなくなっていた。

「何か食べる？」

「ああ、いつもの店で」ヘンリックが言った。いつもの店とは、〈BECK'S GRILL〉のことだろう。それ以外の店に彼と入ったことはない。

一〇メートルほど歩いて、絵未はうなずいた。

ヘンリックとは、確かに冷戦のようになっている。だからといって、どこまでも口をきかずにいるのも大人げない気がする。しかも、ヘンリックはいつもアパートメントまで送ってくれているのだから……。

歩いていくと、やがて〈BECK'S GRILL〉の灯《あか》りが見えてきた。

ドアを開けて店に入った。いつもの、玉ネギを炒《いた》める匂いが体を包んだ。カウンターの中にいるベックが、

「エミィ、ひさしぶりだね」と言った。絵未は、忙しそうなベックに、ただ片手を振ってみせた。空いている席に腰かけた。

しばらく来ないうちに、ウエイトレスが変わっていた。金髪を短くカットしている二十代と思える娘《こ》だった。笑顔が明るい。

「ジョディよ」と言った。いつもくたびれた表情のスザンヌよりは、少しましだと思えた。

二人は、以前と同じように、フィッシュ・バーガーをオーダーした。飲み物は、絵未がギネス、ヘンリックもあい変わらずミラー・ライトだった。

出てきたビールを、ひと口飲む。そうしながら、絵未は目の前のヘンリックを見ていた。ライトビールを飲んでいるヘンリック。その表情は、何か言いたげだった。絵未は、ギネスを飲みながら、彼が口を開くのを待っていた。
四、五分して、やっとヘンリックが話を切り出した。

「あの、僕の脚本のことで、話してもいいかな？」

絵未は、〈どうぞ〉という顔で、うなずいた。

「大学時代から親しくしている男友達に、あの脚本を読んでもらったんだ。そしたら……」

「そしたら？」

「君に言われたのと同じような感想がかえってきたよ」

「ただのゴミ？」

絵未が言うと、ヘンリックは苦笑い。そして、

「そこまでひどい事は言われなかったけど」

絵未も苦笑した。心の中で、〈失礼したわね〉とつぶやいていた。

そこへ、フィッシュ・バーガーがきた。いい匂いが漂う。二人は、とりあえずバーガーを食べはじめた。半分ぐらい食べたところで、

「とにかく、こんなものじゃプロデューサーが相手にするわけないよと友人に言われてしまったんだ」

ヘンリックは言った。絵未は〈当然よ〉と思ったけれど、口には出さなかった。と

いうのも、ヘンリックがひどく落ち込んでいるようだったからだ。

口の端にタルタルソースをつけて、もそもそとフィッシュ・バーガーを食べている。着ているポロシャツ。その襟元のボタンが一個とれてしまっている。

そんなヘンリックの様子に、絵未はほんの少し同情しはじめていた。〈身から出た錆《さび》よ〉と思いながらも、〈まあ、そんなに落ち込まなくてもいいんじゃない〉と言ってあげたい気分でもあった。

けれど、それを口には出さなかった。こいつに甘い顔を見せちゃいけない。へたに誤解をさせちゃダメだ。そう感じていた。気持ちを引きしめる。

「まいったよ」とヘンリック。「あの脚本の、どこがまずかったんだろう」

「全部」と絵未。迷わず言った。

「全部？」

ヘンリックは、食べかけのフィッシュ・バーガーを両手で持ったまま口を半開き。

「そう、全部。最初から最後まで。一字一句。何もかも問題外」

絵未は、ハエを叩《たた》くようにきっぱりと言った。このさい、徹底的に言ってやった方が、本人のためだと思ったのだ。

ヘンリックは、まだ口を半開きにしている。やがて、視線をテーブルに落とした。じっと、目の前の皿を見ている。そのまま、五分近く、そうしていただろうか。やがて、少しだけ視線を上げた。

「僕は……どこで、道を間違えてしまったんだろう」と、つぶやいた。

その声が、あまりに沈んでいるので、絵未は少し話を変えた。

「あなた、大学では何を専攻していたの？」と訊《き》いた。話題が変わったので、ヘンリックは絵未の顔をきちんと見た。

「文学を専攻したよ」と言った。

絵未はうなずいた。

「じゃ、最初は作家志望？」

「……まあね。学生時代には、何作か小説を書いたことがあるよ。でも、ワイフに読ませたら、作家になるのは無理ねと言われたよ」

「奥さん？　その頃からの知り合いなの」

「ああ、同じ文学専攻の学生だった。彼女は、卒業してすぐ出版社に入って、いまはファッション誌の編集者をしているよ」

絵未は、〈なるほど〉と思った。彼の背景《バック・ページ》が少しはわかった。

「その、大学で文学を専攻していたことが、あなたの間違いに関係しているかもしれないわね」と言った。

「それって？」

「まあ、あまり気にしないで。わたしの思い過ごしかもしれないから」

絵未は言った。フィッシュ・バーガーをかじった。黒人三人組の客が、勘定をすませて店を出ていった。入れ違いに、チャイニーズ系らしいカップル客が入ってきた。彼らが着ている服の肩が濡《ぬ》れている。

絵未は、視線を窓に向けた。雨が、窓ガラスを濡らしていた。空気を切り裂くようなサイレンを鳴らし、回転灯を光らせたポリスカーが、通りを走り過ぎていく。

## 7　エルメスから精神安定剤

「撮影？」とボブ。カウンターの中でレモンをスライスしながら訊き返した。

夜の六時過ぎだった。開店準備にとりかかろうとしている時、ヘンリックがボブに話を切り出した。その話とは、この店でファッション写真の撮影ができないかということだった。

話は、ヘンリックのワイフからきたという。彼女が担当しているファッション・ページの撮影を、ここでやりたいという。ヘンリックがピアノ・バーで働いているので、そんな話がきたらしい。

「それは、どんな風にやりたいんだ」とボブ。

ヘンリックが説明しはじめた。

ピアノ・バーらしく、低いステージではミュージシャンたちが演奏している。その客席でポーズをとるモデル。ごく簡単に言ってしまうと、そんな状況でファッション撮影をしたいという。

「そのミュージシャンってのは？」絵未が訊いた。

「本物のピアノ・バーらしさが大事らしいんで、君たちに演奏してもらえるといいんだけど……」とヘンリック。

「それは、君のワイフの希望なのかな？」とボブが訊いた。ヘンリックは、渋々という感じでうなずいた。

「しかし、営業時間中は無理だな」

ボブが言うと、ヘンリックはうなずく。

「もちろん。だから、平日の午後でお願いできないかとワイフは言ってます。午後五時までに撮影は終える予定でどうかということですが」と言った。さらに、

「多額ではないけれど、謝礼も払えるし、そのページにはクレジットも入れられるそうです。〈撮影協力《Ｅ７》《ＳｏＨｏ《ソーホー》》というように……」

言うと、ヘンリックは一冊の雑誌をカウンターの上に出した。絵未でも知っている有名なファッション誌だった。ずっしりと重そうな雑誌のページをボブがめくる。

「この撮影をうちでねえ……」

「ええ。なんとか頼めないかということで……」とヘンリック。ボブは軽くうなずく。

「謝礼やクレジットのことは二の次だが、ここで撮影できれば、お前さんの顔が立つのか？」とヘンリックに訊いた。

絵未には、ボブが思っていることがだいたいわかった。ヘンリックは、ずいぶん仕事に慣れてきた。失敗をやらかすことも、ほとんどなくなった。一生懸命に仕事をしている感じだ。

心の温かいボブが、ヘンリックのことを気遣っているのは絵未にもわかった。

「わかった」とボブ。前にいる絵未とBBを見て、「どうかな？」と訊いた。BBは、「おれはいいけど」と言う。絵未も〈オーケイよ〉という表情でうなずいた。もし断わると、意地悪をしている気がしそうだった。

「ジェイク、どうだ？」ボブが、ステージの上で準備をしているドラムスのジェイクに訊いた。彼は、ドラムセットの所にいた。スネア・ドラムの表面《ヘッド》、その張り具合を調整していた。

「聞こえてただろう？　ジェイク」とボブ。ジェイクは、スネアから顔を上げた。

「ああ。おれもオーケイだ。モデルの背景で適当に演奏してりゃいいんだろう」

「わかった。じゃ、決まりだな」

ボブが言った。ヘンリックは皆を見回して、

「感謝するよ」と言った。スマートフォンをとり出す。店の奥に入って行った。ワイフに連絡をとるのだろう。


翌週の水曜日。午後一時。

撮影スタッフは、ハリケーンのようにやってきた。

薄くヒゲをのばした中年のカメラマン。その男性アシスタントが二人。ヘアーの担当らしい女性。顔のメイク担当らしい女性。スタイリストとおぼしき女性。モデルは一人。東欧系の顔立ちをしていた。身長一七五センチはありそうだ。が、体重は一六五センチの絵末と、あまり変わらないだろう。

そして、ヘンリックのワイフである女性編集者。三十代の中頃に見える。頬の肉づきが薄いけれど、整った顔立ちをしていた。ダーク・ブラウンの髪はショートカット。洒落《しゃれ》たメタルフレームの眼鏡をかけている。春から初夏に向かう季節なのに、濃いグ

レーのかっちりとしたパンツスーツを身につけている。一分の隙もないいでたちだった。

「ステイシー・スコット、よろしく」と言い、店主のボブと笑顔で握手をした。きびきびとした動作で、絵未、BB、ジェイクとも握手した。有能なファッション誌の編集者を絵に描いたようだった。

店内では、撮影の準備がはじまった。モデルが、撮影用のドレスに着替えてきた。チェリー・レッドのドレスだった。客席のすみ。モデルのヘアスタイルを整え、顔にメイクをする。カメラマンとアシスタントが、ストロボや、その光を調整する傘のような機材をセットしはじめた。

絵未、BB、ジェイクは、低いステージに上がり、ゆっくりと準備をはじめた。

マンハッタンでは、しょっちゅう撮影をやっている。映画、ドラマ、スチール写真などの撮影が、この狭いマンハッタンの中で行なわれている。

普通に生活していても、そんな撮影に出くわすことは多い。ニューヨーカーの多くにとって、撮影はそれほど珍しいことではない。

絵未も、撮影風景は見なれている。客席でモデルの準備をしている間、曲の練習をやることにした。ピアノを前にして腰かけた。

身につけているのは、いつもステージで着ているものだ。シャツブラウスの袖《そで》は、肘《ひじ》までまくり上げている。34番通り《ストリート》のメイシーズで買った小ぎれいなスリムジーンズ。ピアノのペダルをひんぱんに踏むので、こげ茶色のローファーを履いていた。

BB、ジェイクと一緒に新しいナンバーの練習をはじめた。昔のヒット曲、〈Just The Two Of Us《ジャスト・ザ・トゥー・オブ・アス》〉だ。

この店のお客は、三十代、四十代が中心だ。そんなお客たちに好まれるのは、かなり以前、一九七〇年代のヒット曲だったりする。

〈過ぎた日々は美しい〉と、ある作家が書いていた。誰の心にも、〈あの頃〉を懐しむ思いがあるのだろうか……。絵未に、はっきりとはわからない。けれど、そんなナンバーがお客たちに好まれることは確かだった。

三人で〈Just The Two Of Us〉の音合わせをしていると、撮影の準備ができたとステイシーが声をかけてきた。

「あなたたちは、そのまま演奏を続けていてくれる?」とステイシー。あい変わらず、てきぱきとした口調で、ステージにいる絵未たちに言った。

客席のテーブル席にモデルがいた。すでに椅子に腰かけポーズをとろうとしている。そのときだった。

「ヘンリック」とステイシーが夫を呼んだ。テーブルの上に置かれているカクテル・グラスを指さす。

「青みのあるカクテルって言ったでしょう。ドレスが赤なんだから、その前に置くカクテルはブルー系って言ったはずよね」かなりきつい口調で言った。

「あ、ああ。そうだった」とヘンリック。テーブルにあるグラスを下げていく。ボブのいるカウンターに持っていく。カウンターの中にいるボブは、ちょっと肩をすくめる。〈あんたも大変だな〉という感じで苦笑した。それでも、ブルー・キュラソーをミックスした青いカクテルを作った。ヘンリックが、それをモデルのいるテーブルに持っていく。

絵未は、B♭のコードに指を置いたまま、その様子を見ていた。

やがて、撮影がはじまった。

カメラマンがデジタル一眼のシャッターを切る。同調してストロボが光る。モデルがポーズを少し変えると、「グッド!」とカメラマンから声がかかる。絵未たちは、リラックスして〈Just The Two Of Us〉の練習を続けた。

1カット《ワン》目の撮影が終わった。

モデルのコスチュームを変えて、もう1カット撮るという。モデルやスタイリストたちが、その準備をはじめた。

絵未たちも、曲の練習をストップ。休憩することにした。低いステージをおりた。

絵未は、レストルームに入ろうとした。この店には女性客も多い。女性用のレストルームは、広さもあり、きれいだ。化粧なおしをするため、大きめの鏡がある。

そんなレストルームに入ろうとしたところで、絵未は立ち止まった。編集者のステイシーが、前かがみで洗面台に両手をついていた。あきらかに、変だった。

ステイシーは、体を前に折り、顔を伏せている。その上半身が小刻みに震えていた。どうやら、吐き気をもよおしているようだ。

絵未は、トイレを使いたかった。けれど、レストルームに入っていくのをためらった。入口で立ちつくしていた。

やがて、ステイシーは、かたわらに置いたエルメスのバッグに手を突っ込む。中をかき回し、小さなポーチをとり出す。その中から、プラスチックの容器を出した。薬らしかった。

ステイシーは、かすかに震える手で、薬の容器を開ける。白い錠剤を何錠も手にとり、口に入れる。蛇口から水を出す。流れる水を片手ですくい、口に含んだ。錠剤を呑《の》み込んだらしい。

一分ほどすると、ステイシーの震えはおさまったようだ。彼女は、薬の容器を足もとにあるゴミ箱に放り込んだ。バッグを肩にかけた。

絵未は、一、二歩下がる。何気ない顔でレストルームに入っていく。出てくるステイシーとすれ違った。ステイシーはかなり蒼白《あおじろ》い顔。それでも絵未に笑顔をつくってみせる。

「ハイ」と言ってすれ違った。

五分後。トイレから出てきた絵未は、鏡の前にいた。口紅が落ちていないか確かめる……。そして、ふと気づいた。床にプラスチックの容器が落ちていた。

それは、ステイシーが捨てた容器だった。本人は、ゴミ箱に放り込んだつもりだったのだろう。けれど、急いで投げ込んだのでうまくゴミ箱に入らず、床に転がっているらしい。

絵未は、その容器を手にとった。中は空になっているけれど、薬のラベルに見覚えがあった。

その薬は、音楽院にいる頃、イギリスからきていたメイが飲んでいたものと同じだった。早い話、向精神薬だ。

メイは、ひどく神経質で気の弱い娘だった。講師の前で、一人でバイオリンの課題曲を弾く、そんな日は朝から大変だった。起きたときから手先が震える。吐き気ももよおす……。とても、課題曲を弾くどころではない。

結局、メイは医師の診察をうけ向精神薬を処方してもらった。

その薬を飲めば、なんとか課題曲を弾くことができた。

その薬が、さっきステイシーが飲んでいたものと同一のものだった。しかも、メイは医師に言われたように、一回に二錠を服用していた。けれど、ステイシーは、五、六錠を一気に飲んでいたようだ。

絵未は、空になっている薬の容器をじっと見つめていた。

ステイシーについて考えていた。

超一流のファッション誌の編集者。その立ち場につくには、努力はもちろん、自己主張と気の強さが必要かもしれない。さっき、夫のヘンリックにカクテルの間違いを指摘した、あの口調の鋭さ……。

ヘンリックが気の毒に思えるほどで、一瞬、絵末はむっとしたけれど……。そんなスティシーの印象は変わらない。

同時に、スティシーの心の闇もかいま見てしまったと思った。一流ファッション誌編集者としての有能さ。その裏にある不安、絶えまない緊張、想像を超えるほどのストレス、毎日削られていく神経。そんなことを絵末は感じていた。

ひとことで語れるニューヨーカーなど、ほとんどいない。それを、この街で暮らすようになって絵末は知った。光があれば、影がある。限りなく陽気なBのコードを弾き、その指の一本をとなりの鍵盤《けんばん》に落とせば、暗く濁った和音《コード》が響く……。たとえば、そういうことなのだろう。

絵末は空になった薬の容器をじっと見つめていた。

# 8　レンズ豆を煮ながら

「きょうは、ありがとう」とヘンリック。歩きながら言った。

その夜。一一時四〇分。絵未とヘンリックは店を出た。並んで深夜の街を歩きはじめたところだった。

ファッション撮影は、五時一〇分に終了した。スタッフたちが片づけをして帰っていった。編集者のステイシーは、店主のボブに、

「ありがとう。雑誌ができたら送るわ」と言った。絵未たちにも、夫のヘンリックにも、何のあいさつもなし。あい変わらずきびきびとした身のこなしで帰っていった。

〈用がすんだから、もういいわ〉という感じだった。絵未とBBは視線を合わせ、肩をすくめた。

とにかく、その夜のライヴは終わった。絵未は、ヘンリックと一緒に店を出た。

「おかげで、撮影は無事に終わった。助かったよ」とヘンリック。絵未はふと思った。ワイフのステイシーは、どれほどヘンリックの協力に感謝しているのだろうか。疑わしい……。

〈少し、人がよすぎるんじゃない？〉そうヘンリックに言ってやりたかった。けど、それは口に出さなかった。かわりに、

「お腹《なか》すいたわね」と言った。

「あれ、臨時休業？」

絵未は、つぶやいた。〈BECK'S GRILL《グリル》〉の前まできたところだった。店の明りはついていない。店のドアには〈CLOSED《クローズド》〉のプレートがかかっている。

「どうしたんだろう……」絵未が口にしたときだった。

「やっぱりか」という声がした。この店の常連である二人の警官だった。二〇メートルほど先に、ポリスカーが駐《と》まっている。青いボディには白で〈NYPD〉という文字。〈NY《ニューヨーク》・ポリス・デパートメント〉つまりニューヨーク市警察署を意味する。

制服警官の一人、ニックが、〈CLOSED〉のプレートを見て口を開いた。

「ベックのおやじ、昨日から腰が痛いって言ってたよ。その具合がより悪くなって臨時休業したんじゃないか」と言った。

「しょうがないな」とニック。顔見知りの絵未に一瞬、白い歯をみせた。相棒と一緒に駐めてあるポリスカーに歩いていった。

絵未は、あらためて閉まっている店のドアを見た。

「それにしても、お腹はすいたわね」

「ああ、どうしよう……」

ヘンリックが、つぶやいた。二人は、店のドアを見ていた。一、二分そうしていた。やがて、絵未が、

「あの、もしよかったら、わたしの家に来ない？　軽い夜食なら作れると思うけど」

と言った。

夜中に、男性を部屋に入れることの意味はわかっている。けれど、ヘンリックは、どう見ても強引に迫ってくるような人ではない。そのことに、絵未は確信を持っていた。

「君のところで……」

「ええ、たいしたものは作れないけど」

絵未は言った。しばらく黙っていたヘンリックが、つぶやいた。

「迷惑でなければ」

結局、絵未の部屋に行くことになった。並んで歩きはじめた。

マンハッタンに、細かい霧雨が降りはじめていた。すでに春というより初夏に近づいている。霧雨は暖かく、傘をさす必要はない。

二人は、何気ない言葉をかわしながら、ゆっくりと歩いていく。白っぽいビュイックが、時速30マイルほどで道路を走り過ぎていく。道路が濡《ぬ》れているので、小さなタイヤノイズが聞こえていた。


アパートメントに着いた。

石段を四段上がって玄関に。玄関は、暗証番号でドアのロックが解除されるようになっている。絵未はプッシュボタンを〈4315〉と押した。小さな音がしてロックが解除された。ドアを押してロビーに入った。

五階建てのアパートメントだけれど、エレベーターはない。絵未の部屋は三階だった。かなり狭い螺旋《らせん》の階段を登っていく。

三階には四部屋ある。道路に面した303号室が絵未の部屋だ。絵未は、鍵《かぎ》を使い部屋のドアを開けた。自分が先に入り、

「どうぞ」

とヘンリックに言った。彼が、ゆっくりと部屋に入ってくる。予想通り、ヘンリックは部屋を眺め回すようなことはしなかった。

NYは住宅事情のいい街ではない。絵未が借りているこの部屋も、質素なものだ。キッチンのあるダイニング。食事をする小さめのテーブルと椅子がある。床に置いた小型のステレオ。かなりくたびれたモスグリーンのソファーはフリーマーケットで40ドルで買ったものだ。

壁には、バハマの観光ポスターが貼ってある。第一の目的は、壁に大きなシミがあるので、それを隠すため。第二の目的は、陰気になりがちな狭い部屋なので、明るい海のポスターを貼りたかったことだ。

このとなりに、小さいながらもベッドルームがあるのは、絵未の年齢で住むにしては上出来かもしれない。

「これで髪を拭《ふ》いたら」

絵未は、小型のタオルをヘンリックに投げて渡した。霧雨の中を歩いてきたので、二人とも髪が少し濡れている。

絵未は、自分もタオルで髪を拭く。そうしながら、キッチンへ。冷蔵庫を開けた。ハイネケンの6瓶《シックス》パックがある。

彼女には、ビールの銘柄へのこだわりなどない。たまたま読んだ記事に、好きな女優のS《サンドラ》・ブロックのお気に入りがハイネケンだと書かれていた。それ以来、ハイネケンが手に入るときは買っている。

冷蔵庫の6瓶パックも、2番通り《ストリート》のリカーショップがセールをやっていたのでまとめ買いをしたものだ。

6瓶パックからグリーンのボトルをとり出す。

「とりあえず、これ飲んでて」と言ってヘンリックに渡した。自分でもボトルのキャップをとりラッパ飲み。

大きめの缶に入っている殻つきのピスタチオをつかみ出す。小型のボウルに入れテーブルに置いた。

冷蔵庫には、レンズ豆のスープがある。まだ作りかけのスープが両手鍋《なべ》に入っている。絵未は、それをとり出し火にかけた。

ジャガイモの皮をむき、てきぱきと切る。レンズ豆の入っている鍋に放り込む。トマト缶を開け、小口切りのトマトも鍋に入れる。ローリエの葉、パプリカ・パウダーを入れる。あとは煮込むだけだ。

絵未は、小型ステレオのスイッチを入れた。すでに入っているE《エリック》・クラプトンのCD。アコースティックなナンバーが流れはじめた。

「あれは?」

ヘンリックがハイネケンのボトルを片手に訊《き》いた。絵未は、その視線の先を追った。キッチン・カウンター。その端に額がある。単行本ぐらいのサイズの額。そこには、写真が入っていた。二〇人ほどが、記念写真のように写っていた。

写っているのは、ティーンエイジャーたちだった。一〇歳から一八歳ぐらいの子供たちだった。白人、黒人、東洋系……さまざまな人種の男の子や女の子たちが写っている。その写真の右下には、〈Thank You Emi《サンキュー・エミ》〉とサインペンで書かれていた。

「ああ、あれね……」

絵未は、つぶやいた。テーブルのボウルから、ピスタチオを一個とった。殻を割った。パキッと音がして、殻が割れ、絵未は、中身のピスタチオを口に入れた。ゆっくりと、ハイネケンのボトルから飲んだ。

ヘンリックは、まだ、その額を見ている。

「それは、ちょっとした演奏のお礼よ」と絵未。

「ちょっとした？」

ヘンリックが言った。ハイネケンに口をつけた。しばらく考えている。やがて、

「ああして大事そうに飾っているのには、何か、特別な意味がある感じがするけど……」

絵未は、すぐには答えなかった。無言で、ピスタチオを口に入れ、ハイネケンを飲んでいた。そうしながら、考えていた。

自分の〈過ぎた日々《バック・ページズ》〉を話すことが、ヘンリックにとって、何かのきっかけになるかもしれない……。ふと、そう思った。

レンズ豆のスープができるまでには、そこそこの時間がかかる。軽く話してもいい

かなと考えはじめた。
六個目のピスタチオを口に入れる。ビールでノドを湿らす。
「わたしは、東京の西で生まれ育ったの」と口を開いた。

# 9　異端児はNYをめざす

絵未は、練馬区《ねりま》の石神井《しゃくじい》で生まれ育った。苗字《みょうじ》は佐伯《さえき》という。

両親は音楽家だった。父はピアニスト。クラシックの世界では、中堅といえる存在だ。母はチェロ奏者。オーケストラで演奏したり、十代の子に個人レッスンをしたりしていた。

絵未は、そんな音楽家夫婦の娘として生まれた。四歳年上の兄がいる。

優等生の兄に比べ、絵未は、あまり両親の言うことをきかない娘だった。

もちろん、三歳の頃からピアノを弾かされた。小学生、中学生時代も、ピアノはやっていた。ピアノの練習さえしていれば、両親に何も干渉されずにすんだからだ。けれど、内心、クラシック漬けの毎日に嫌気がさしていた。

ピアノの練習が終わると、家から飛び出す。男の子たちと一緒に石神井公園でトンボを追いかけたものだった。

音大の附属高校に入り、その二年目、絵未は仲間たちとジャズをやりはじめた。

意外なことに、絵未がジャズをやることに、両親は強く反対をしなかった。

というのも、兄の高輝《こうき》が、天才的な若手ピアニストとしてクラシック界で注目されはじめていた。両親の希望を一身に背負って……。

その分、両親は絵未にクラシック奏者としては、期待しなくなっていた。しかも、絵未が自分たちの言うことをきかない、いわばジャジャ馬娘であることもわかっていた。

そんなこともあり、絵未がジャズをはじめても、両親からプレッシャーをうけることはほとんどなかった。いわば放任されていたのだ。

絵未は、きゅうくつに感じられるクラシックからジャズの世界に飛び込み、生き生きとする自分を感じていた。

最初はスタンダード・ナンバーを演奏していたけれど、やがていわゆるモダンジャズやフュージョンもやりはじめた。

B《ビル》・エヴァンス。H《ハービー》・ハンコック。B《バド》・パウエル。R《リチャード》・ティー。K《キース》・ジャレットなどなど……。片っぱしから演奏したものだった。

三歳からピアノの特訓をうけていたので、演奏技術に問題はない。ジャズをやらせても、上達は早かったと思う。

「そして、ニューヨークへ来た？」

ヘンリックが訊いた。絵未はうなずきながら立ち上がる。キッチンに行く。火にかけてある鍋をチェックする。さっき鍋に入れたジャガイモに火が通るまで、まだしばらく時間がかかりそうだった。

一本目のハイネケンは空になっていた。絵未はグリーンのボトルを二本とり出す。一本は、

「はい」と言ってヘンリックに渡した。ピスタチオも、ひと握りボウルに追加した。

「ジャズに熱中していたから、やはり本場に行ってみたかったのね」絵未は言った。

二本目のハイネケンに口をつけた。過ぎた日のページを、またゆっくりとめくりはじめていた。

音大附属高校の三年生になっていた。絵未は、本気でアメリカに行きたいと考えて

いた。けれど、そのためにどうしたらいいかは思いつかなかった。

そんなときだった。兄の高輝が、カナダのモントリオールで毎年開催されている国際音楽コンクールで入賞したのだ。日本人ピアニストとしては初の入賞だった。

しかも、高輝はすらりとした長身で端整な顔立ちをしていた。

当然のように、帰国した高輝にはマスコミが押し寄せてきた。大学四年生の若さ。ルックスの良さ。マスコミが放っておくはずはない。当時、クラシックの世界にスター性のあるピアニストがいなかったことも、それを加速させた。

雑誌やテレビが、高輝とその一家をさかんに取り上げはじめた。高輝だけではなく、〈理想の音楽一家〉としての佐伯家を取材しはじめた。すでに音大の教授になっていた父親にとっても、それはプラスになるようだった。

そんな、〈理想の音楽ファミリー〉への取材がきても、絵未はその家族に入っていなかった。絵未本人も、あえて入ろうとしなかった。ジャズに熱中している自分は、あきらかに異端児だとわかっていた。

両親も、同じ思いを抱いていたようだ。家族への取材がきても、絵未に声をかけることはなかった。

高輝の人気が上昇しはじめてから四ヵ月後、ＣＤを出す話が持ち上がった。かなり現実的な企画らしかった。高輝のクラシック音楽家としての人生は、大きな花を咲かせようとしていた。

そんなある日、絵未に父がある提案をした。〈アメリカのジュリアード音楽院に留学しないか〉という話だった。

ジュリアード音楽院は、ニューヨークにある。音楽院としては、世界中に名前を知られている。クラシックだけでなく、有名なジャズ・ピアニストのチック・コリアなどもジュリアードの出身者だ。

ＮＹのジュリアードに留学をするのは、絵未にとって夢のような話だった。

よく考えれば、その話を切り出した父の心には、二つの思いがあったようだ。

その一つ。名門クラシック一家にとって、ジャズに熱中している絵未が家族の一員として、あまり似つかわしくない。高輝が一流のピアニストになっていくことにマイナス・イメージを与えかねないという危惧《きぐ》があったのだろう。それは、絵未にもわかった。

そして、もう一つの父の思い……。絵未がそれほどジャズが好きなのなら、本場の

NYに行かせてやりたいという気持ちもあったようだ。

人の心は、単純ではない。

父の胸には、異端児の絵未を海外へ送り出してしまいたいという思いと、絵未をジャズの本場であるNYに行かせてやりたいという、かなり矛盾した二つの思いが交錯していたようだ。

絵未は、そんな父の気持ちに勘づいていた。が、それには気づかないそぶりで、父の話を聞いた。

学生時代に父と仲の良かった日本人のピアニストが、いま、ジュリアード音楽院で客員教授をやっているという。もし絵未がジュリアードに入りたいのなら、いろいろアドバイスしたり、ある程度の面倒を見てくれるという話だ。

絵未は、まったく迷わなかった。NYに行く決心をするまで、一週間もかからなかった。

「ハイスクールを卒業して、すぐニューヨークに？」

ヘンリックが訊《き》いた。絵未は、うなずきながら立ち上がった。キッチンに行く。鍋《なべ》の中をのぞいてみた。フォークで、ジャガイモを突き刺してみた。かなり柔らかくなっている。あと五、六分というところだ。テーブルに戻る。ヘンリックと向かい合ってハイネケンに口をつけた。

「そう、高校を卒業するとニューヨークに来たわ」と言った。

卒業式の翌週には、日本を発《た》ちNYに着いた。

ただ、ジュリアードに入るには準備が必要だった。まず、英語の勉強。そして、入学試験をうけるためのレッスンだ。ジュリアードの入試はひどく競争が激しいからだ。

父の友人は、中川さんという。ジュリアードの客員教授というわりには、気さくで親切な人だった。

中川さんの世話で、絵未はグリニッジ・ヴィレッジに小さな部屋を借りた。スタジオタイプ。ベッドルームとリビングが一緒になっている狭い部屋だ。

そして、ミッドタウン・ウエスト51番通りにある英語学校に通いはじめた。同時にチェルシーに住んでいる女性ピアニストから、個人レッスンをうけはじめた。

忙しい日々だったけれど、充実していた。朝起きる。窓を開けグリニッジ・ヴィレッジの通りを見て、〈ああ、きょうもニューヨークにいるんだ〉と心の中でつぶやいていた。

地下鉄にも自由に乗れるようになった。買い物にも不自由がなくなった。夜になると、よくジャズクラブに行った。ビール一本でねばったものだった。

そんな生活が一年八ヵ月続いた。英語にはほとんど不自由しなくなっていた。ピアノの腕も上がったと思う。

そして、ジュリアードの入学試験。倍率は高かったけれど、絵未は合格した。合格したことに、父の友人、中川さんの推薦《すいせん》が後押ししてくれたのかは、わからない。けれど、絵未は気にしなかった。音楽院に入るのは、ミュージシャンとしてのスタートに過ぎないとわかっていた。

そうして、絵未はジュリアードのジャズ科に入った。いろいろな国から来ている学生たちと友人になった。仲間と一緒にレッスンをうけ、フリーな時間には、トリオやカルテットを組んで演奏をした。

当時、一緒にプレイしていたベーシスト、ドラマー、サックス奏者などは、どちらかというと前衛的な、あるいは実験的な演奏を好んだ。若い学生だから、ごく自然ともいえるのだけど……。

## 10　出会いは雪の中

そろそろ、レンズ豆のスープができ上がる。いい匂いが部屋に漂っていた。

絵未は、鍋のスープをすくい、深さのあるお皿に入れた。夜食としては充分なボリュームだろう。その二皿を、テーブルに運んだ。冷蔵庫にあった飲みかけの白ワインも出した。テーブルに置いた。グラスを二つ出した。

「どうぞ」とヘンリックに言った。彼は、スプーンを手にする。煮込みに近いレンズ豆のスープを口に運んだ。五秒ほどして、

「おいしい……。初めての味だよ」と言った。

「これは、スウェーデンの料理なの。ジュリアード時代の友達から教わったものよ」

絵未は、壁にピンでとめてある写真を目でさした。アンナと一緒に写っているスナップ。〈感謝祭《サンクスギヴイング》〉のときに撮ったものだ。

笑顔を見せているアンナは、卒業するとスウェーデンに帰っていった。首都ストックホルムの南にあるリンショーピンという美しい町に帰り、いまは高校で音楽を教えているという。毎年、必ずクリスマス・カードを送ってくる。

絵未は、スプーンを手になんとなく思い返していた。ジュリアードを卒業したあの頃……。

ジュリアード音楽院を出たからといって、すぐにプロのミュージシャンになれるわけではない。それは、わかっていた。

卒業して二週間後。絵未は、レキシントン大通り《アベニュー》にあるホテルで演奏をはじめた。ホテルの四十五階にあるカクテルラウンジで演奏する仕事についていた。週に二回の演奏だったけれど、生活費はなんとかまかなえた。

その頃、親からの仕送りは断わった。なんとかやっていけると思えたのだ。

カクテルラウンジでは、主にスタンダード・ナンバーをピアノ・ソロで演奏した。そして、ビートルズ・ナンバー、E《エルトン》・ジョンの曲、B《ボズ》・スキャッグスの曲……。あまり甘ったるくならないタッチで演奏した。一曲終わると、必ず拍手がきた。

そして、週に一、二回、学生時代の仲間ともセッションをした。

営業を終えたジャズクラブで、仲間だけのセッションをやった。主なメンバーは、ベースのアーノルドとドラムスのバリー。いわゆるトリオだった。絵未以外の二人は、前衛的なジャズを好んでいた。

そんな日々が続いていたけれど、しだいにセッションをやる仲間たちに、不協和音が感じられるようになってきた。

問題の主は、ベースのアーノルドだった。彼は、シカゴ出身の白人。背が高く、アゴひげをはやしていた。

アーノルドは、前衛的なジャズの演奏を好んだ。というより、前衛的な演奏しかやらないと言った方が正しいだろう。そんな、アーノルドとセッションしても、聴く客もいない。コンサートなどに出演する話もこない。当然なのだけれど……。

それは、トリオのリーダー的な存在であるアーノルドにとって望むところなのかもしれない。けれど、そんなアーノルドが、あまりに自己満足的な自分たちのセッションに、いらつきはじめたことも事実だった。

そして、アーノルドは、ホテルでピアノを弾いている絵未に、嫌味ったらしいことを言いはじめた。

「実は、そのアーノルドとは、一時的に恋人関係だったんだけど……」

レンズ豆のスープをスプーンですくいながら、絵未は言った。向かい合っているヘンリックが彼女を見た。

「一時的に？」

「そう。音楽院を出たあとで、八ヵ月ぐらいの間ね」

と絵未。彼が絵未の部屋によく泊まる。そんなつき合いがしばらく続いた。けれど、その二人の関係も、しだいにぎこちなくなってきていた。同時に、トリオとしての演奏にも限界が感じられはじめた。アーノルドの中に、そんないら立ちが積もっていたようだ。

あれは、クリスマス・イヴまで四日に迫った日だった。

そんな時期なので、絵未が仕事をしているホテルのラウンジもにぎわっていた。いつもは一一時で終わるピアノ演奏も、一時間近く延長した。

仕事を終えた絵未は、カジュアルな私服に着替えホテルを出た。

マンハッタンに、小雪がちらつきはじめていた。絵未は、早足でアーノルドたちが待っている閉店後のジャズクラブに向かった。息を切らして着くと、不気嫌な顔をし

たアーノルドがいた。絵未が、

「遅れてごめん」と言っても、彼はぶすっとしている。そして、

「今夜も、ちゃんと稼いできたか」と言った。ひどく嫌味ったらしい口調で……。

これには、さすがの絵未も切れた。この数ヵ月、ほとんど収入のないアーノルドに、彼女は生活費を貸してきたのだ。貸した金は、トータルで2千ドル、二〇万円以上になるだろう。ひとから生活費を借りておいて、仕事をしてきた絵未に嫌味を言うとは、なんてやつだ……。

絵未は、腕組みをしてアーノルドを睨《にら》みつけた。

「よくききなさいよ、このヒモ男」

「……ヒモ？」アーノルドの眼もきつくなった。

「その通り。ひとから借りた金で生活していて、何がセッションよ、何がミュージシャンよ。言われてくやしかったら、自分の手で1セントでも稼いできなさいよ」

絵未は言い捨てた。アーノルドの顔が紅潮した。眼が見開かれる。

「この！」

と鋭い声を上げた。絵未につかみかかった。けれど、一瞬早く絵未が動いた。アー

ノルドの急所を、ローファーで蹴《け》った。アーノルドは、急所を両手で押さえ、尻《しり》もちをついた。

「大丈夫よ、それ以上小さくならないから」と絵未。「それでも使いものにならなかったら、オカマに転向したら！」と言った。ドラムスのバリーは目を丸くしている。

「じゃあね」

絵未は、回れ右。店を出ていく。

歩きはじめ、しばらくして、雪が本降りになっていることに気づいた。夢中で歩いていたのだ。雪は大粒になり、しかも横なぐりに降っていた。まるで吹雪のようだった。その中を、絵未は歩いていた。

涙が流れていたのに気づいた。が、かまわず歩き続けた。心の中で、アーノルドに向けて〈馬鹿野郎〉と吐き捨てていた。あんな男とつき合っていた自分が情なかった。巻いているマフラーで流れる涙をぬぐった。

そうしている間にも、雪はさらに勢いをましていた。タクシーをひろおうとしたけれど、空車は一台も走ってこない。いま歩いているのがどの通りなのかも、わからなくなっていた。地下鉄の駅も見つからない。営業しているカフェやダイナーも見当らない。

絵未は、正面から吹きつけてくる雪に歩くスピードを落とした。白い息を吐き、少し身をかがめた。途方に暮れはじめていた。

そのとき、かすかな歌声が聞こえた。絵未は立ち止まり、声の聞こえた方向を見た。通りに面して、小さな教会があった。出入口が少し開いていた。明りが細い帯になって雪の積もる路上にのびていた。歌声は、その教会から聞こえていた。女性の澄んだ声で、〈Amazing Grace《アメイジング・グレイス》〉を歌っている。

絵未は、教会の入口に歩きはじめた。教会なら、誰が入っていっても大丈夫だろう。少なくとも、吹雪の中で立ち往生しているよりはましだ。

絵未は吹雪の中を進み、教会の入口にたどり着いた。三〇センチほど開いている扉からは、まだ歌声が聞こえていた。

絵未は、扉を少し開く。中をのぞいた。ベンチが並んでいる、その間の通路に一人の女性がいた。開いたドアに気づくと、彼女は歌うのをやめ、絵未の方を見た。黒い髪をした若い女性だった。彼女は絵未の方に歩いてくる。

「入って、まるで歩く雪ダルマみたいよ」と言った。

絵未は短くお礼を言い、教会の中に入った。小さな教会だった。スチームの暖房がきいているらしく、中は、かなり暖かかった。

「雪まみれの服は脱いだ方がいいわ」

彼女が言い、絵未は、着ていたコートを脱ぎ、マフラーをとった。雪がバラバラと床に落ちた。ほっと息をついた。


その一〇分後。絵未は、彼女が渡してくれたコーヒーに口をつけていた。熱いコーヒーが、体中にしみわたっていく。半分ほど飲んだところで、

「本当にありがとう。エミィよ」と言った。

「わたしは、マリア」と彼女。この教会で主にゴスペルを歌っていると言った。二人は握手をした。

マリアは、絵未とほぼ同じ年齢《とし》に見えた。二十代の半ば。色白だけれど、黒い髪はボリュームがある。眉《まゆ》もくっきりとしている。

「ギリシャ系？」絵未が訊《き》くと、マリアはうなずいた。祖父母の代にアメリカに渡っ

てきたと言った。かなり気分の落ち着いた絵未は、「さっき歌っていたのは、クリスマスのための練習？」と訊いた。マリアは、うなずく。二五日に歌う、そのための練習だと言った。二五日は、クリスチャンの人たちにとってクリスマス本番。その日、彼女はここで歌うという。

「ソロで？」と絵未。マリアは苦笑した。「ピアノを弾いてくれる人はいるんだけど、インフルエンザにかかっちゃってダウンしてるわ」と言った。


「もしよかったらだけど」

絵未は口を開いた。自分がピアニストであることを話した。マリアは、少し驚いた表情で絵未を見た。

「そう難しい曲でなければ、伴奏できると思うけど」

絵未は言った。マリアは、教会のすみに行く。楽譜を持ってきた。二〇曲分ぐらいあるだろうか。絵未は、それをめくってみた。賛美歌とゴスペル。難しい伴奏は必要ないようだ。

「これなら大丈夫だと思うわ」絵未が言うと、マリアの眼が輝いた。

このとき、絵未とマリアの友情がスタートした。同時に、絵未の新しい音楽生活もスタートを切ろうとしていた。

クリスマスの二五日。昼間。絵未は教会でマリアの伴奏をした。

もちろん、演奏のギャラはない。そのかわり、マリアが夕食をごちそうしてくれた。

二人は、ミッドタウン・イーストにあるカジュアルなレストランで飲んで食べた。

マリアは、絵未と同じで、前向きな性格だった。ワインを飲みながら、すぐに意気投合した。

マリアは、スタンフォード大学で心理学を専攻したという。現在は、マディソン大通り《アベニュー》にある心療内科のスタッフとしてカウンセリングの仕事をしているらしい。

そんなマリアの、もうひとつの顔は、歌い手だ。教会でゴスペルや賛美歌を歌っている。これは、ボランティアでやっているという。子供の頃から、歌うのが好きだったと言った。

絵未も、自分のことを話した。年齢が近いこともあり、夜ふけまで話がはずんだ。

それから、月に一、二回、絵未はマリアの歌の伴奏をするようになった。雪の夜に二人が出会ったあの小さく質素な教会で、ピアノの伴奏をした。ホテルのカクテルラウンジでも、あい変わらず演奏をしていた。

そんな日々の先に、絵未にとっての重要なターニング・ポイントが待ちかまえていた。

# 11　9・11が教えてくれた

「ターニング・ポイント?」

スプーンを動かす手を止め、ヘンリックが訊いた。絵未はうなずき、「あの9・11にかかわること」と言った。

9・11。いわゆる同時多発テロは、二〇〇一年の九月一一日に起きた。多くのニューヨーク市民がテロの犠牲になった。家族や友人、あるいは恋人を失くしたニューヨーカーも多い。

そんな中には、精神を病んでしまった人々もいる。あまりのショックに鬱《うつ》の症状が重く出る人。あるいは、薬物やアルコールに依存していく人など……。

マリアが働いている心療内科には、テロから九年が過ぎても不調を訴えてやってくる人が絶えないという。マリアは、そんな人たちに、カウンセラーとして向かい合っていた。

　そして、テロの後遺症に苦しめられているのは、大人だけではなかった。テロで父あるいは母を失なった子供たちだ。彼らのほとんどはティーンエイジャーになっている。けれど、突然に親を失なったショックは、想像をこえるものがあるはずだ。

　そんなティーンエイジャーの中には、学校に通わなくなる子もいる。部屋に引きこもる子もいる。暴力的になる子もいる。ときには薬物に依存する子もいる。

「大人より、そういうティーンエイジャーの方が症状が重いことが多いわ」

　マリアは言った。彼女は、そういう子たちにカウンセリングをすることが多くなっているという。

　そんなある日、マリアが絵未に相談をもちかけた。心を病んだ子供たちと親を集めて、ちょっとした演奏をしてくれないかという。

「音楽による癒《いや》しって、へたな向精神薬より効くことがあるからね」とマリアは言った。さらに、

「薬やカウンセリングでも治らない心の病が音楽で快方に向かうことがないとはいえ

ない。やってみたいわ」

結局、絵未は引きうけた。ジュリアード時代の仲間が、カルテットを組んでいることを思い出した。あちこちの小ホールで演奏活動をしている。彼らならいいかもしれない……。彼らのカルテットと、絵未のソロ演奏で、なんとかなるだろう。

あまり時間がないので、絵未は急いで連絡をとった。

「それで、教会で演奏会を？」レンズ豆のスープから顔を上げ、ヘンリックが訊いた。

「そう。マリアから話がきた二週間後の夕方に、ちょっとしたコンサートをやることにしたわ」

と絵未。その夜のことを思い出していた。

心療内科に通院している親子連れが五〇人ほど教会にやってきた。そして、コンサートがはじまった。まず、絵未が呼んだカルテットが、演奏をはじめた。

演奏がはじまって二分。絵未は首をひねった。

彼らがやっているのは、O《オスカー》・ピーターソンの曲だ。絵未にとっては、聞き覚えがある曲だ。

けれど、このコンサートで演奏するには向いていないと感じられた。いわゆるモダンジャズの曲で、興味がない人にとっては、まったく耳になじみがないだろう。

演奏がはじまって五分。絵未は、完全にまずいと思った。カルテットの連中には、〈なるべくポピュラーな曲を〉と注文しておいたのに……。

O・ピーターソンは、もちろんすぐれたミュージシャン。カルテットの彼らにとって親しみやすいものかもしれないけれど……。

聴いている親子たちは、あきらかに退屈していた。わき見をしている少年。うつむいて居眠りをしはじめた母親など……。

一〇分近くかけて、カルテットの演奏は終わった。パラパラと、まばらな拍手。聴いている人たちのほとんどは無表情だ。

絵未は、腹をくくった。カルテットの方に歩いていく。彼らに向かい、「ちょっと休憩してくれる」と言った。カルテットのピアニストに替わってピアノの前に座った。カルテットの四人は、半ば唖然《あぜん》とした表情……。彼らには、後で説明すればいい。絵未は、ためらわず、ピアノの鍵盤《けんばん》に指を落とした。

〈Hey Jude《ヘイ・ジュード》〉を弾きはじめた。

1《ワン》フレーズ弾いた瞬間、聴いている人たちの様子が変わった。うつむいたり、よそ見したりしていた子供たちが、弾いている絵未の方を見た。居眠りしかけていた母親が、眼を開いた。ほとんどの人たちが、演奏を聴いているのがわかった。

やがて、〈Hey Jude〉を弾き終えた。厚みのある拍手がわき上がった。笑顔で拍手をしている大人も子供もいる。

絵未は、続けざまに〈I'll Be There《アイル・ビー・ゼア》〉を弾きはじめた。聴いている人たちの表情は、さらに明るくなってきた。M《マイケル》・ジャクソンの歌で、あるいはM《マライア》・キャリーのカバーで、聴いた人は多いだろう。

〈I'll Be There〉の歌詞をリフレインするところでは、口を動かし、小声で歌っている人もいる。教会の中に、温かい空気があふれはじめていた。

「〈I'll Be There《アイル・ビー・ゼア》〉……」とヘンリックがつぶやいた。

「そう、あなたが馬鹿にした曲」

苦笑しながら、絵未は言った。

「……馬鹿にした？」

「ええ。いつか店のお客からこの曲がリクエストされたとき、あなたは〈なぜマイケル・ジャクソンの曲なんか〉と言ったわよ」

「まあ確かに……」

「さらに、ポピュラーな曲を演奏していることで、わたしが才能の無駄遣いをしているとも言ったでしょう?」絵未は言った。ヘンリックは、小さくうなずいた。

「でも、教会で〈I'll Be There〉を演奏したあの夜、わたしは、はっきりと気づいたの」と絵未。ストレートグラスに白ワインを注いだ。それに口をつけて言葉を続ける。

「モダンジャズもいいんだけど、ポピュラーと言われている曲には、それなりの力があるわ。モダンジャズにはない強い力が」

「……それは?……」

「簡単なことよ。聴く人を楽しませ、心を明るくする力。落ち込んだり、暗い気持ちになっている人の心を元気づけ明るくする力がポピュラーな曲にはあるわ」

友人のマリアが言っていたように、音楽は、へたな向精神薬より効果を発揮することがある。

「そのことが、あの夜に、はっきりとわかったの」

絵未は言った。あの夜、絵未はソロで、親しみやすく明るい曲を弾き続けた。演奏の途中で、カルテットの連中は、あきれた表情で帰っていった。が、知ったことではない。

やがて、二時間の演奏が終わる。最後の〈Let It Be《レット・イット・ビー》〉は、そこにいる全員での合唱になっていた。曲が終わると、聴いていた人たち全員が立ち上がり、熱い拍手をしていた。涙ぐんでいる人もいた。

絵未は笑顔で応《こた》えた。気がつくと、腕に鳥肌が立っていた。生まれて初めての体験だった。

「あの夜が、わたしにとって、決定的なターニング・ポイントだったわ。そして、自分がやるべきことがわかった瞬間だった」

「……それは?」

「簡単なことよ。さっきも言ったように、人を楽しませ、元気になってもらうためにピアノを弾く。それが、わたしのやりたかったことだとやっと気づいたの」

「やっと?」

とヘンリック。絵未は、グラスを手にうなずいた。ビールとワインで、少し口が軽くなっているのはわかっていた。けれど、かまわず話を続けた。

「確かに、モダンジャズに熱中してた頃もあったわ。でも、それが続いてるうちに、ある思いがわき上がってきたの。それって、簡単に言うとこうかもしれない。モダンジャズもいいけど、もっと自分に向いている何かがあるのかもしれない……。そういう思いね」と言った。

「……それが、ポピュラーな曲を弾くこと？」

ヘンリックが訊《き》き、絵未は、はっきりとうなずいた。

その教会での小さなコンサートは、毎月一回、二年ほど続いた。

「あの写真は、そのラスト・コンサートのときに贈られたものよ」

絵未は、キッチン・カウンターにある額を目でさした。二〇人ぐらいのさまざまな人種のティーンエイジャーたちが記念写真のように写っている。そして〈Thank You Emi《サンキュー・エミ》〉の走り書き。

そこに写っている子の中には、通えなかったハイスクールに通えるようになった子もいる。薬物依存から立ちなおった子もいる。

もちろん、絵未の演奏だけがその理由ではないだろう。が、何かしらのきっかけになったとは思える。

「あの額は、わたしにとって、グラミー賞のトロフィーより価値のあるものよ」

絵未は、静かな声で言った。ヘンリックは無言。身じろぎもせずその額を見つめている。部屋の隅にあるミニ・コンポからは、E《エリック》・クラプトンの〈Tears In Heaven《ティアーズ・イン・ヘヴン》〉が流れていた。

その夜、「ごちそうさま、ありがとう」と言い帰っていくまで、ヘンリックの口数は少なかった。何かを考えているような表情で、絵未と握手し、帰っていった。

# 12　パクられた男

「エミィ、待ってよ！」

とマリア。走っている絵未の後ろから声をかけた。

土曜日の昼頃。セントラル・パーク。絵末とマリアは、公園でジョギングをしていた。セントラル・パークの中には、舗装の行き届いた散策路が整備されている。絵未とマリアは、その散策路をゆっくりと走っていた。

ジョギングは、マリアのためだった。彼女は、よく食べるので、体は少し太目だ。いい声で歌うには、その方が向いているようだ。けれど、

「ちょっと最近、太り過ぎみたい」とマリア本人が言いだした。確かに、かなり理想の体重をオーバーしているようだ。首まわりにも肉がつきはじめている。

「アゴがなくなるってことは、いい男をつかまえるチャンスもなくなるってことよ」

マリアは言った。そして、ジョギングをはじめるという。一人で走るのはつまらないからつき合ってほしいと、絵未は頼まれた。絵未も、体を動かすのは好きなので、つき合うことにしたのだ。

初夏のセントラル・パークは美しい。樹々の枝には、若葉が輝いている。芝生のグリーンも、まぶしい。いくつかある池の水面に、明るい陽が反射している。

散策路をジョギングしている人たちも多い。マリアと絵未は、そんな人たちと一緒に走りはじめた。ゆっくり走りはじめ、1マイルぐらいは走った。そのあたりで、マリアのペースが落ちた。絵未についていけなくなった。

「待ってよ!」と言った。絵未はふり向き、足を止めた。マリアは、苦しそうな表情で立ち止まっている。

「ひさしぶりに走ったんだから、無理しないで休もう」絵未は言った。

マリアと並んで、芝生の方へ歩きはじめた。散策路から、拡がっている芝生に歩いていく。息をととのえながら……。

土曜なので、芝生のあちこちにくつろいでいる人たちがいた。カップルが多い。屋台《ベンダー》で買ってきたものを飲み食いしている人も多い。

絵未とマリアは、そんな広々とした芝生に腰をおろした。

「やれやれ」とマリア。どさっと腰をおろす。小さなタオルを出して顔の汗を拭《ふ》いた。

そのときだった。絵未のポケットで着信音。フードつきパーカーのポケットで着信音がしている。絵未は、ポケットからスマートフォンをとり出す。画面を見た。かけてきたのは店のオーナーのボブだった。絵未はスマートフォンを耳に当てた。

「エミィ、いまどこで何やってる？」

「セントラル・パークでジョギングしてるわ」

「そうか。ちょっと問題が起きたんだけど、時間あるかな？」

「問題？　どうしたの」

「理由はわからないんだが、ヘンリックが警察につかまった」

「ヘンリックが警察に？」絵未は思わず訊き返した。

「ああ、なにが起きたかわからないんだが、私のところに連絡がきたんだよ。ところが、いま、店の空調工事をしてて、店を離れられないんだ。エミィ、警察に行けないかなあ……」

ボブは、相当に困った口調で言った。絵未は、軽くため息。

「仕方ないわね」と、つぶやいた。

その一五分後。絵未は、マリアが運転する小型車に乗っていた。マンハッタンの北側にあるセントラル・パークから、南に向かっていた。ヘンリックがつかまった警察は、マンハッタンの南、いわゆるロウアー・マンハッタンにある分署だという。

「しかし、その彼は、何をしてパクられたの？」とステアリングを握っているマリア。

「さあねえ……。いちおう働いてるわけだから、お金に困って強盗に入ったとは思えないし」と絵未。

「ドラッグの密売とか？」

「それほどの迫力はないわね」アクビまじりに絵未は言った。

「夫婦がすれ違ってるらしいから、欲求不満がたまって強姦《ごうかん》しかかったとか？」

「そんなパワー、ないだろうなあ……」あい変わらずアクビをしながら絵未は言った。

昼下がりのにぎやかなマンハッタンの風景が窓の外を流れていく。

約三〇分後。車は、分署の前に着いた。〈NYPD〉と大きな文字の入ったポリスカーが四、五台並んでいる。

「ここでいいわ」絵未は言った。自分のウインドブレーカーと、小型のポーチを手にとる。マリアに礼を言い車をおりた。分署の出入口に向かう。

入ると、カウンターがあり、黒人の女性警官がいた。絵未は彼女と向かい合う。

「ヘンリック・スコットという人が、ここに勾留《こうりゅう》されてるらしいんだけど」と言った。

彼女は、うなずく。署内電話《ハウスフォン》をとる。

「ヘンリック・スコットに面会人」と言った。絵未にうなずく。「少し待って」と言った。

三分ほどで、白人男性の警官がやってきた。中年で背の高い制服警官だった。きびきびとした足どりで、絵未の方にやってくる。

「ヘンリック・スコットの知人？」

「そう、同じ店で仕事をしているわ。で、彼は何をして逮捕されたの？」絵未が訊《き》くと、警官は少し苦笑いした。

「逮捕したわけじゃない。事情をきいてるだけだよ」

「事情って、彼が何をしたの？」

絵未が訊くと、警官は説明しはじめた。ロウアー・マンハッタンの一角に公園がある。その公園に、バスケットボールのコートがある。きょうの昼過ぎ、そこで少年たちがバスケをやっていたらしい。

「まあ、土曜だから近くの子供たちが遊び半分でバスケをやっていた。そして、女の子たちも、それを見物していた」

と警官。十歳前後の少年たちがバスケをやっていて、同じ年頃の少女たちも、それを応援していたという。

「そんなコートを囲んでいるフェンスの外で、じっと見ている男がいた。それが、ヘンリック・スコットだ」と警官。

「コートを囲んでるフェンスを？」

「ああ、フェンスに両手をかけて、じっと中の少年や少女たちを見ていたようだ。通りかかったパトール中の警官も、不審に感じた。一〇分ほどしてまた戻ってきても、彼はまだフェンスにへばりついていた。そこで、警官たちが彼に職務質問をしたのさ」

「職務質問……」

「ああ、少年や少女を狙った犯罪は、あい変わらず多発しているからね」と警官。

「そこで警官が彼に職務質問をしたところ、彼は、わけのわからないことを言い出した。少し怪しいんで、分署まで来てもらったわけさ」

「わけのわからないこと？」

「ああ。自分は脚本家で、その取材のために、バスケをやってる少年たちを見ていたというんだが、どうにも疑わしい。そこで分署に来てもらったんだ」警官は言った。

絵未は、首をひねった。ヘンリックが、なぜ少年や少女を見ていたのか、わからない。

「彼は、いちおう脚本を書いてるけど……」と言いかけたときだった。

「エミィじゃないか」という声がした。若い制服警官が歩いてきた。顔見知りのニックだった。ここからそう遠くない〈BECK'S《ベックス》 GRILL《グリル》〉でよく会う。軽く言葉をかわす警官だった。

「どうした、エミィ」とニック。絵未は、ごく簡単に説明をした。同じ店で仕事をしているヘンリックが、この分署で事情をきかれていることを話した。

「ヘンリックって、いつもベックの店で君と一緒にいる彼か？」

とニック。中年の警官も、その会話をきいている。やがて、絵未を見た。

「ヘンリック・スコットは、君の恋人なのかな?」

と訊いた。絵未は、どう答えようか、少し迷った。けれど、恋人だと言っておいた方が、ヘンリックが早く解放されそうに思えた。そうなれば、絵未の用事も早く終わる。

「そう。同じ店で仕事をしてるし、恋人でもあるわ。で、彼は本当に脚本家の卵よ」

と言った。

中年の警官とニックは、顔を見合わせた。中年の警官は、

「いちおう、IDカードを見せてくれないか」と言った。絵未は、うなずく。ポーチからIDカードを出して彼に渡した。それを持った中年の警官とニックは、何か話しながら奥に入っていった。絵未の身許《みもと》を確認する必要はあるはずだ。

そして、二〇分後、ヘンリックは解放された。

完全に疑いがはれたわけではなさそうだった。けれど、これ以上拘束しておくのは無理があると判断されたらしい。

「あなたに、そういう趣味があったとはね」絵未は言った。

「そういう趣味？」とヘンリック。

「ええ。少年や少女が好きだったとはね」と絵未。ホットドッグを手にして言った。

「やめてくれよ」とヘンリック。それにはかまわず、絵未はホットドッグをかじった。

ヘンリックの件で、昼ごはんを食べそこなっていた。大きな口を開けて、温かいホットドッグをかじった。口の端についたマスタードを、紙ナプキンで拭《ふ》いた。ハドソン川を渡ってくる風が、紙ナプキンの端を揺らせた。

絵未とヘンリックは、フェリーの発着所にいた。自由の女神を見にいくためのフェリー乗り場で、ひと息ついていた。

自由の女神は、マンハッタンの沖にある。フェリーで一五分ほど行った所に小さな島があり、女神像はそこに建っている。いま、観光客たちが、フェリーに乗り込んでいく。観光客には、中国人らしい姿がふえている。遠くから中国語の会話も聞こえてくる。やがて、そんなお客を乗せたフェリーが、ゆっくりと桟橋《ピア》を離れていく。

絵未たちは、ベンチに腰かけて、そんな光景を眺めていた。フェリー乗り場の近くにあるスタンドで買ってきたホットドッグを手にしていた。

「あの、ひとこと説明してもいいかな」ヘンリックが言った。

「説明って、なぜあなたが少年や少女に興味を持ったかって理由?」

「違う、そうじゃないんだ」

「そうじゃないって言っても、あなた、フェンスの向こうの少年や少女を見て、ヨダレをたらしてたって警官が言ってたわよ」

「嘘だ! そんなの」とヘンリック。顔が少し紅潮している。絵未は、ホットドッグを食べ終わった。かたわらに置いてあったブルーベリーのシェイクをとる。ストローで、ひと口。ヘンリックをからかうのも、そろそろやめよう……。

「それじゃ、なぜ、フェンスの中の少年や少女たちを見てたの?」と訊いてあげた。

「それは、警察でも説明した通り、ミュージカルの脚本のためなんだ」

「ミュージカルの? それで、バスケをやってる男の子や、応援してる女の子を?」

絵未は訊いた。ヘンリックは、小さくうなずいた。ハドソン川を見つめ、しばらく無言でいた。やがて、

「バスケットボールをあつかった脚本を書こうと思ってるんだ」と言った。

「バスケを?」絵未は思わず訊き直していた。

# 13　ナイス・ダンク！

五〇メートルほど先、ハドソン川で一艘《そう》のヨットが動いていた。二人乗りらしい小型ヨットが、ゆっくりと動いていた。微風《そよかぜ》をうけ、人が歩くような速度で、左から右に帆走していた。

マンハッタンでヨットというと、意外かもしれない。けれど、マンハッタンの特に南側には、多くの桟橋があり、小型のプレジャー・ボートやヨットも舫《もや》われている。もともとマンハッタンの沖は内湾という感じで、波はあまり立たない。小型の船を走らせるには向いているのかもしれない。

とにかく、絵末たちのいる所から少し沖合で、小型のヨットがのろのろと動いている。

ヘンリックも、そのヨットを眺めている。そして、ぽつりと口を開いた。

「あの日に、気がついたんだ」と言った。

「あの日？」

「ああ、君の部屋で、レンズ豆のスープをごちそうになった夜さ」ヘンリックが言った。絵未は、心の中でカレンダーをめくった。あの夜から、もう三週間ほど過ぎている。絵未は、ヘンリックの言葉を待った。

「あのとき、君は話してくれたよね。人を楽しませる、明るい気持ちにさせる、元気にする、それが自分のやりたいことだと気づいた……」

とヘンリック。絵未は、ゆっくりと、だが、はっきりとうなずいた。

「あの言葉が、ショックだった。頭をぶん殴られたような気持ちになったよ」ヘンリックが、静かな声で言った。絵未は、彼の横顔を見た。思えば、この三週間あまり、彼は口数が少なかった。いつも何か考えごとをしているようだった。

ヘンリックは、川の水面を見つめたまま言葉を続ける。

「少し大げさに言えば、いままでの自分は何をやってたんだろうってことかな……。自分が芸術だと思ってたものを、ミュージカルの中に無理やり持ち込もうとして、迷路にまよい込んだみたいだ」

ホットドッグを手にしたまま、彼は言った。絵未はうなずき、川の水面に視線を送った。

「そう……芸術を否定してるわけじゃないけど、ミュージカルってことを考えると、どうかしら。人がお金を払ってミュージカルを観にくる……。その理由は、やはり楽しみたいってことじゃないかしら。だから、ミュージカルをつくる側にも、チケット代の分だけ観客を楽しませるっていう心意気みたいなものが必要だと思う。たとえ少しヘヴィーなテーマをあつかったミュージカルでも、シアターを出ていく観客たちが、これを観て良かった、心に響いたっていう思いで帰っていけるような……」

落ち着いた声で、絵未は言った。ひと呼吸。並んで川を見ているヘンリックが、大きくうなずいた。しばらく水面を見ていた。

「そうなんだ。僕も、子供だった頃、親に連れられて、ピーターパンのミュージカルを観たことを思い出したよ。そのミュージカルがすごく楽しかったこともね……。あの楽しさが、何より大切なんだって、やっと気づいたよ」と言った。

「……それで、バスケをとり上げたミュージカルを？」

絵未が訊《き》くと、ヘンリックは、はっきりとうなずいた。

「ああ……そうなんだ。バスケに熱中してる少年たちを登場人物にしたい。ひたすらバスケに熱中してる少年、マイケル・ジョーダンみたいなプロ選手になる夢を追っている少年、女の子にもてたくてバスケをやってる少年などが主役で、もちろん同世代の女の子たちも出てくる。そんなのをストーリーのベースにしようと思ってる」

ヘンリックが言った。NBAを持ち出すまでもなく、バスケットボールはアメリカの国民的スポーツだ。絵未は白い歯を見せる。

「少なくとも、カフカの『変身』よりはいいかも」と言った。彼は苦笑。

「頼むからあれは忘れてくれないか」

「いちおう、忘れたことにしとくわ。……で、公園でバスケをやってる子供たちを見てたわけ？」

訊くと、ヘンリックはうなずいた。

「そのつもりだったけど、警官からは怪しい人間と見られてしまった」

「当たり前よ」絵未は苦笑した。「そんなこと、わからない？」

「いや……まさか、警察署まで連行されるとは……」少し口ごもりながら彼は言った。

絵未は、視線を目の前に拡がっている水面に送った。だいぶ陽が傾いてきている。

斜めの陽が水面に照り返している。小型のヨットが、相変わらず水面をのろのろと動いていた。白い帆《セイル》が西陽をうけて透けている。ヨットを操っているのは二人。

どうやら、その二人は、初心者のようだった。ヨットの動きは、やたらに遅く、ぎこちない。反転しようとすると、ヨットは大きく傾く。引っくり返るのではと思えるほど危なっかしい。なんとか、引っくり返らずにいる感じだった。

絵未は、そんなヨットをじっと見ていた。そして、あのヨットは、ヘンリックに似ていると思った。

とにかく不器用なのだ。悪い人間ではないけれど、ひたすら不器用なのだ。もたもたと動いているあのヨットのように……。

絵未がそんなことを考えていると、ヘンリックがホットドッグを口に運ぼうとした。さっきスタンドで買ったホットドッグだ。もう冷たくなっているはずのホットドッグを、ヘンリックはかじった。そのとたん、ケチャップがこぼれ出た。そのケチャップは、ジーンズの上にぽとりと落ちた。

「あ……」

ヘンリックは、小さな声を出した。絵未は、吹き出しそうになるのをこらえていた。

〈ほんと、不器用なやつ……〉と胸の中でつぶやいていた。

それでも、ポーチからティッシュペーパーを一枚出して、彼に渡してあげた。

「ありがとう」とヘンリック。とりあえず、ジーンズに落ちたケチャップを拭《ふ》きはじめた。

陽射しは、さらに傾き、黄色味をおびてきていた。カモメが三羽、空中を漂っている。その白い翼も、レモン色に染まっている。ヘンリックは、ケチャップを拭いている。

「ハイ、エミィ」とＴＤが言った。絵未と片手でハイタッチした。

ヘンリックが警察につかまってから二週間。日曜の昼過ぎ。絵未のアパートメントの近くにある空き地だ。狭い空き地。片側にだけ、古びたバスケのゴールがあり、いま六人の少年たちがボールを追っていた。３×３《スリー・バイ・スリー》のゲームをやっていた。

絵未とハイタッチしたＴＤは、十四歳の黒人少年。その年齢《とし》なのに、身長は一七五センチある。

ＴＤは、ママと弟の三人で、絵未のアパートメントの二階に住んでいる。ママは、チェルシーにあるフードコートで働いている。

TDは、よくアパートメントの前でドリブルの練習をしている。アパートメントから1ブロック離れたこの空き地で、ミニゲームをやっているのも見かける。バスケの腕は、かなりだ。将来プロになる夢を持っているのかもしれない。

日曜の午後、TDはたいていこの空き地で3×3をやっている。それがわかっているので、絵未はヘンリックを連れてきたのだ。TDは、絵未とハイタッチをし、ヘンリックに軽くうなずく。仲間たちと、またバスケをはじめた。

絵未はフェンスにもたれて、それを見物する。ヘンリックも、わきに突っ立っている。3×3が再開した。少年たちが走り回りはじめた。それを眺めながら、ヘンリックが口を開いた。

「TDっていったっけ、彼」

「そうよ」

「本名の略？」

絵未は、首を横に振った。TDのファースト・ネームはDuke《デューク》。Tall（背の高い）デュークということで、TDと呼ばれている。少年たちの間では、よくあることだ。

六人のうち、黒人が四人、白人が二人だ。六人とも、なかなか上手だ。その中でも、TDはずば抜けている。背も高いし、身のこなしも素早い。タンクトップから出ている少年たちの腕や肩に、汗が光っている。陽射しは、もう初夏そのものだ。

「Hey!」

少年の一人が声をかけながら、TDにバウンド・パスを送った。TDはそれをうけ、相手の少年と向き合った。ドリブルで左側にかわすとフェイントをかけ、右側へ。相手を完全に抜き去る。ゴール下まで走り込む。

両足が、まるでバネのように地面を蹴《け》る。高い跳躍! TDは、ゴールリングの上からボールを叩《たた》き込んだ。

「ナイス・ダンク!」絵未が声をかけた。TDは、一瞬、絵未に白い歯を見せた。そして、二人の味方とタッチをかわした。

TDがダンクシュートを決めたので、攻守が入れ替わる。今度は、TDたちが守る側になってゲームが再開した。

「そうか、バスケのゴールは両側にある必要がないんだ」

歩きながら、ヘンリックが言った。

TDたちの3×3を、二時間ほど見物していた。絵末とヘンリックは、TDに手を振り、その場をはなれた。午後のイースト・ヴィレッジを歩きはじめた。五分ほど歩いたところでヘンリックが、つぶやくように〈バスケのゴールは両側にある必要がないんだ〉と言った。

絵末は、うなずき、話しはじめた。

マンハッタンは、狭い。子供たちがバスケなどをやれる空き地があったとしても、小さなスペースである場合が多い。そこで、空き地の片側だけにバスケのゴールがあるのは、よく見かける。

そんな半面だけのコートを使い、少年たちは、三対三や四対四、ときには二対二のゲームをやっている。とはいえ、そんな少年たちの中から、将来、NBAのスター選手が現われる可能性がないとはいえない。

絵末がそんなことを話すと、ヘンリックは大きくうなずいた。

「バスケのコート半面だけを使うとすると、あまり大きくない劇場の舞台でも、上演できるかもしれない」と言った。

彼の中で、何かしらのスイッチが入ったようだ。

「今夜から、さっそくプロットを書きはじめるよ」

「あまり無理しないように頑張ってね」絵未は言った。遅い午後のイースト・ヴィレッジ。並木の枝先では生命力を感じさせる若葉が輝いている。ローラースケートを履いた金髪の少女が二人、絵未たちを追い抜いていく。少女たちの金髪が揺れている。どこかのアパートメントから、T《テイラー》・スウィフトの曲が流れていた。

# 14　彼は少し飲みすぎた

「バスケか、そりゃありかもね」走りながらマリアが言った。

「まあね」と絵未。

TDたちのミニゲームを見てから二週間。土曜の午後。絵未とマリアは、イースト・リバー・パークでジョギングをしていた。

イースト・リバー・パークは、絵未のアパートメントからそう遠くない。文字通り、イースト・リバー沿いの細長い公園だ。

幅の広いイースト・リバー。その向こうには、〈ニューヨークの下町〉とも呼ばれているブルックリンが見える。再開発が進んでいるブルックリンには洒落《しゃれ》たデザインのビルもふえている。そんなビルの窓ガラスに西からの陽が反射している。

絵未とマリアは、そんな風景を眺めながらゆっくりと走っていた。一時間近く、走ったろうか。小休止。二人は、川に面して置かれているベンチに腰かけた。ときどき目の前を走り過ぎるジョガーたち。絵未とマリアは、額の汗をタオルで拭く。

「で、そのミュージカルの脚本はでき上がったの？」とマリア。

「脚本というか、プロットみたいなのは、きのう渡された」

絵未は答えた。きのう金曜、店でヘンリックと顔を合わせた。そのとき、彼から渡された。

〈ミュージカルのプロットというか、企画みたいなものなんだけど、見てくれないかな〉と言って、少し遠慮がちにクリアファイルを手渡してきた。数枚の紙が入っているようだ。

「まだ読んでないんだけどね」と絵未。マリアは、タオルで腕の汗を拭きながら、うなずいた。

「そうか……。でも、バスケを題材にしたミュージカルって、確かにありかも。コート半面をステージに作ればいいわけだし、バスケ選手の体の動きって、きれいだものね」と言った。

絵未も、小さくうなずいた。あの『ウエスト・サイド物語』でも、バスケのシーンは、効果的に使われていた。そのことを思い出していた。

「まあ、プロットを見てみるわよ」

夜六時過ぎ。絵未は自分の部屋にいた。シャワーを浴び、新しいＴシャツに着替えた。冷蔵庫からハイネケンを出す。グリーンのボトルを手にソファーに。少し古ぼけたソファーに腰かけ、ハイネケンを、ひと口、ラッパ飲みした。そして、ヘンリックから渡されたミュージカルの企画を手にとった。

窓からは、夕暮れの明るさが入ってきている。その明るさで、充分に字は読めた。

〈ミュージカル《ＤＵＮＫ《ダンク》》プロット〉

そんな表紙がある。タイトルの〈ＤＵＮＫ〉は、ダンクシュートからとったものだろう。絵未は、ページをめくった。

まず、ストーリーの設定が書いてある。

舞台は、ニューヨークの片隅にある小さな空き地。そこには、古びたバスケのゴールがある。

この設定は、ＴＤたちが３×３をやっていた場所をイメージしたらしい。

その空き地には、いつも数人の少年たちが集まってきて、バスケのミニゲームをやっている。

少年その1は、本気でプロの選手をめざしている一五歳の黒人。

少年その2は、やたらアクロバティックなプレイにこだわっている長身の白人。

少年その3は、女の子にもてたくてバスケをやっている一六歳の白人。

その三人が、男の方のメインキャスト。彼らは基本的に仲がいいのだが、ときには対立したり、ケンカしたり……。

そんな少年たちに、二、三人の少女たちがからむ。

ひとことで言ってしまえば、バスケを軸にした友情と恋のストーリーということらしい。もちろん、三人の少年たちとライバルになるバスケ少年たちも登場する。

絵末は、さらにページをめくった。

〈スピーディーなバスケットボールの動きと、ダンスをからめる〉

〈音楽は、パンチのきいた8《エイト》ビートを中心に〉

と書かれていた。絵末は、思わず苦笑した。〈パンチのきいた、か……〉と胸の中でつぶやいていた。同時に、その野暮ったい言葉づかいが、ヘンリックらしいとも思った。

とにかく、人間が虫に変身してしまう話よりは何十倍もましだろう。絵未は、一本目のハイネケンを飲み干した。


くるな……。

絵未は、胸の中でつぶやいた。午後六時過ぎ。ピアノ・バー〈E7〉。絵未は、一人、ステージにいた。きょうの午後、ピアノの調律師がきて調律をした。定期的にやっているものだ。絵未は、いつもより少し早く店に来た。調律を終えたピアノの鍵盤《けんばん》に指を走らせはじめた。

しばらくするとヘンリックが店に入ってきた。絵未に片手を上げてみせる。ステージの方に歩いてきた。

〈例のプロットの感想をききにくるな……〉絵未は、心の中で準備をした。

「……どうだったかな、あのプロット」とヘンリック。予想にたがわず訊《き》いてきた。

絵未は、鍵盤に指を置いたまま、

「まずまずじゃない。もう少しくわしく書かれてないと、わからない部分もあるけど」と答えた。

「まずまず……。そう悪くない？」

「まあね。でも、あれを誰かに見せる予定でもあるの？」

と絵未。ヘンリックは、二、三秒、無言でいた。そして、

「まあ……」と言った。

「見せる相手がいるってこと？」

「まあね。ある人にプロデューサーを紹介されてね。オフ・ブロードウェイの仕事をしている人なんだけど」とヘンリック。「ミュージカルの企画があれば、持ってきてくれと言われてるんだ」

「へえ……」絵未は、正直、驚いた。

「オフ・ブロードウェイだから、シアターはあまり大きくないだろうけど、とりあえず作品が上演されないことには話にならないから」

「そりゃそうね」

絵未は言った。ヘンリックは、さすがに少し嬉《うれ》しそうな表情。着替えのためにロッ

カールームに入っていった。

それは、約二週間後だった。

土曜の夜一〇時過ぎ。絵未は、マリアとチャイナタウンで飲み食いをして、部屋に戻ってきたところだった。シャワーでも浴びようかと思ったとき、外で声がした。男の声だった。「エミィ！」と叫んだような……。

聞き間違えだろう。

絵未は、シャワールームに入ろうとした。けれどそのとき、また外で声がした。

「エミィ！」という叫び声がきこえた。

絵未は、窓ぎわに小走り。少しがたつく窓を開けた。見おろす。歩道に、男が立っている。街灯の明りでも、ヘンリックだとわかった。彼は、三階の窓から顔を出した絵未を見る。また、

「エミィ……」と言った。その体が、ぐらりと揺れた。

彼は、よろけている。けど、倒れはしなかった。そばにある街灯に片手をついた。やっと立っている。

「ヘンリック！　いま行くわ」

絵未は下に向かって叫んだ。早足で部屋を出る。階段をおりる。アパートメントの玄関を出た。ヘンリックは、両腕で街灯の柱につかまっていた。体が揺れている。絵未は、そばに駆け寄った。

「どうしたの」と訊いた。

「ごめん、少し飲み過ぎた」とヘンリック。その口調も、ふらついている。

「申しわけない、こんな時間に」とヘンリックが言った。けれど、まだ夜の一〇時。あたりにも人通りがある。時どき、車も走り過ぎる。

「それより、大丈夫なの？」と絵未。どう見ても、酒に弱いヘンリックが酔っぱらっている。通りがかった中年の白人女性が、ヘンリックをじろじろと見ていた。

「とにかく、中に入って」絵未は、ヘンリックの腕をつかんだ。

その五分後。二人は、絵未の部屋の前にいた。足もとがふらつくヘンリックに肩をかし、かなり苦労して三階まで上がってきたところだった。

「入って」絵未は言った。けれど、ヘンリックは首を横に振った。

「ありがとう。でも、そうはいかないよ」

「そうはいかない？」

「ああ……。こんな時間に、君のところに押しかけた。それだけでも迷惑をかけてるのに、部屋に入れてくれなんて、そんな図々《ずうずう》しいことは言えないよ。少しだけ、ここで休ませてくれないか」

ヘンリックは言った。壁にもたれて座り込んだ。ぐったりとした様子で、ドアのすぐそばに座り込んだ。そのまま眠ってしまいそうだった。

しょうがないなあ……。絵未は、胸の中でつぶやいた。

ただ、この三階に、いま住人はいない。301号室は、空き部屋。302号室の白人男性ベニーは、アルコール依存症の治療でいま施設に入っている。304号室に住んでいるモーガン夫婦は、ケンタッキー州にいる息子たちの家に行っている。ヘンリックが、この廊下でへたり込んでいても、それをとがめる住人は、いまのところいない。仕方ないな……。絵未は、つぶやく。

「でも、いったい、どうしたの？」と訊いた。

「それが……」とヘンリック。

「それが？」

「例の脚本を、プロデューサーに見せたんだけど……」

「ああ、オフ・ブロードウェイのプロデューサーね？」訊くと、ヘンリックがうなずいた。

「で……けなされたの？」

「けなされたっていうか、ひどいことになって」

「ひどいこと？」絵未は訊き返した。けれど、ヘンリックは無言。ただ、首を横に振っている。その眼は、もう閉じられている。これ以上、話をきくのは無理そうだ。とりあえず、放っておくことにした。

「わたしは部屋に戻るわよ」と言った。ヘンリックは、へたり込んだまま、小さくうなずいた。

絵未は、部屋に入った。さっとシャワーを浴びた。新しい服に着替え、ドライヤーで髪を乾かした。そして、足音をしのばせて、廊下に出てみた。

案のじょう、ヘンリックは体を丸め廊下に寝転がっていた。近くに顔を寄せると、軽いイビキがきこえた。

たぶん、このまま朝まで起きないだろう。絵未は、部屋に戻る。薄いブランケットを持ってきた。寝ているヘンリックにかけてやった。

また部屋に戻る。キッチンのすみに置いてあるジャーキーをとった。七面鳥《ターキー》の肉を乾燥させたジャーキー。〈ターキー・ジャーキー〉という駄洒落《だじゃれ》のような商品名がパッケージについている。

バーボンのボトルをとり、薄めのソーダ割りを作った。絵未は、ターキー・ジャーキーを噛《か》みながら、それをゆっくりと飲みはじめた。

ヘンリックが、バスケをテーマにしたミュージカルのプロットを、オフ・ブロードウェイのプロデューサーに見せた。その結果、ひどくけなされたのかもしれない。けれど、それ以上のことはわからない。明日《あした》、本人からきくしかないだろう。

絵未は、バーボン・ソーダを飲み干した。歯を磨き寝ることにした。

# 15　夢を追うにも年齢制限がある

眼が醒《さ》めると、朝の八時半だった。薄曇りらしく、淡い光がカーテンごしに入ってきている。絵末は、ベッドから出た。ジーンズをはき、そっと部屋のドアを開けた。ヘンリックは、そのままのかっこうで寝ていた。絵末は近づき、その肩を軽くゆすった。ヘンリックが、うっすらと眼を開いた。

「起きたら。もう朝よ」

「あ、ああ……」ヘンリックは少し寝ぼけた声を出した。ゆっくりと起き上がった。

その三〇分後。二人は、トンプキンズ公園《スクエア》にいた。アパートメントから、五、六分歩いたところにある公園だ。

絵末とヘンリックは、ベンチに腰かけてコーヒーを飲んでいた。公園の隅にある屋台《ベンダー》で買った薄いコーヒーを、ゆっくりと飲みはじめていた。

陽射しは弱い。けれど、空気が初夏の暖かさを感じさせる。半袖《はんそで》のTシャツを着た黒人少年が二人、アメフトのボールを投げ合っていた。

「きのうは、本当に申しわけなかった」とヘンリック。

「それはそれとして、何があったの？　ミュージカルのプロットをプロデューサーに見せたんでしょう。で、ひどくけなされたの？」

「けなされたんならまだいいんだけど……」ヘンリックは、少し口ごもっている。

「だけど？」

「その、ミュージカルの企画を変えて欲しいと言われて」

「企画を変える？　バスケの物語じゃなくて？」

「いや、バスケはバスケなんだけど、その……ゲイのストーリーにしろと言われて」

「ゲイ!?」と絵未。声が半分ひっくり返っていた。

「ああ……。バスケをモチーフにした少年同士のラブストーリーにしてくれと……」

「少年同士が、愛し合う話？」

「そう、バスケをやってる少年同士が好き合ったり、嫉妬《しっと》したり……そんなゲイのストーリーにしろと、プロデューサーが言って」とヘンリック。頬が少し紅潮している。

「それって、あんまりじゃない」絵未は言った。同時に思っていた。オフ・ブロードウェイでは、メジャーなブロードウェイ・ミュージカルと違い、前衛的な作品もよく上演されるらしい。

中には、奇抜すぎる作品もあり、一週間で上演が中止されたりする。そんなことを絵未もきいていた。ヘンリックと会ったそのプロデューサーも、どうやら怪しい。

「ゲイが悪いってわけじゃないけど、そのアイデアは、ちょっといただけないわね」と絵未。ヘンリックも、うなずいた。

「で、そのプロデューサーとはケンカ？」

「いや、ケンカはしなかったけど、その話は断わったよ。きっぱりと」

「そうでしょうね。それで、お酒を？」絵未が訊《き》くと、ヘンリックは苦笑した。

「二、三軒で飲んだよ。で、気がついたら、君のアパートメントにたどり着いてた。お恥ずかしい話だけどね」

絵未は、軽くうなずいた。なぜ、酔ったヘンリックが、無意識に絵未のアパートメントにたどり着いたのか……。その理由を、いまは深く考えないことにした。コーヒーの紙コップから顔を上げた。

見れば、ヘンリックの頬に、擦《す》り傷がある。左頬に、はっきりとわかる傷ができている。

「どこかで転んだの?」訊くと、ヘンリックはうなずいた。

「よく覚えてないんだけど、君のアパートメントに着く前のどこかで、つまずいて転んだんだ。みっともない話だよね」と、やや自嘲《じちょう》的な口調で言った。さらに、

「人生、転んでばっかりだ」と、つぶやいた。

「まあ、そのうち、いいこともあるわよ」絵未は、とりあえずそう言ってあげた。ヘンリックの肩を軽く叩《たた》いた。

黒人の少年が投げたボールが、宙を飛んでいく。彼は、アメフトのスター選手を夢見ているのかもしれない。何かを夢見るのは、悪いことではない。けれど、夢を追いかけるには、年齢制限があることも事実だ。ヘンリックの場合は……。絵未は少し眼を細め、薄陽射すマンハッタンの空を見上げた。

「お疲れさん、エミィ」とボブ。カウンターの上を拭《ふ》きながら言った。

ピアノ・バー〈E7〉。夜の一一時過ぎ。月曜なので、お客はわりと少なかった。

一〇時半に、最後のカップル客が帰っていった。いま、店のオーナーでバーテンダーのボブは、カウンターを拭き終わった。

「ところで、ヘンリックのやつ、何かあったのか？」と絵未に訊いた。「顔に傷をつくってたし、元気がないようだったけど……」

確かに、今夜のヘンリックは顔色がよくなかった。最後のお客が帰ると、彼も早々と着替えて帰っていった。帰りぎわ、絵未に、〈お先に失礼するよ。酒の匂いをかいでると、気分が悪くなってきたんだ〉と言った。

〈三日酔いね、気をつけて〉と絵未は笑顔で言った。彼の後ろ姿を見送った。

「どう見ても、おかしかったなあ」とボブ。絵未は少し考え、話しはじめた。ヘンリックが、ミュージカルの脚本を書いている、そのことからはじめ、一昨日《おととい》の件まで、サラリと説明する。

話をききながら、ボブはシュリッツ・ビールを二瓶出す。一本を絵未に渡し、自分もゆっくりと飲みはじめた。

絵未は、一本目のシュリッツを飲み終える頃、ヘンリックのことを話し終えた。

「なるほどな……」とボブ。新しいシュリッツを二本出した。それに口をつけ、何か

考えている。しばらく考え、

「そんなことなら、もっと早く言ってくれればよかったのに」と口を開いた。

「ミュージカルの世界に友人が？」

絵未は、シュリッツを手に思わず訊き返していた。ボブは、

「まあね」と言い、ゆっくりとうなずいた。あい変わらずビールを飲みながら話しはじめた。

ボブはもともとピアニストだったという。〈売れないピアニストの典型だったがね〉と言い、苦笑した。

ピアニストとして細々と仕事をしていた二十代のボブは、たまたま依頼され、編曲の仕事をやったという。ちゃんとした音楽学校を出ているらしく、編曲をするのは苦手ではなかった。

その仕事はまずまずうまくいき、しだいに編曲の仕事がくるようになったらしい。

ピアニストとしてより、編曲の仕事がメインになってきた。そのとき、一人のプロデューサーが声をかけてきてくれたという。

「彼は、ブロードウェイ・ミュージカルのプロデュースをやっていた。プロデューサーとしては若手だったが、何よりも仕事への情熱があり、周囲にも認められはじめていた」

「その彼と仕事を？」

「ああ、サム・バーンスタインというんだが、彼に依頼されて、ミュージカルで使う曲のアレンジ、つまり編曲をやりはじめたよ」とボブ。ほんの少し、昔を思い出すような眼をした。

そのバーンスタインに頼まれてやりはじめたミュージカルの編曲は、すぐ軌道にのったという。

「自分なりに楽しんで仕事をしたし、向いていたんだと思う」

ボブの編曲は評判もよく、順調だったという。

「編曲の仕事は何年ぐらいやったの？」絵未は、二本目のシュリッツを飲みながら訊いた。

「そう……二〇年近くは、彼とのコンビで仕事をしたよ。三十代と四十代は、編曲の仕事ひと筋だったな」とボブ。「五十代に入ると、時代の流れについていけなくなった自分を感じて、編曲の仕事から足を洗ったよ。で、貯金を使ってこの店のオーナーになったわけさ」

ボブは、あえて淡々とした口調で言った。ある仕事に情熱をかたむけ、それをやめるには、さまざまな迷いや喪失感もあっただろう。けれど、ボブはいま静かに微笑している。それだけの時が過ぎたということなのだろうか……。店のオーディオからは、B《ボビー》・コールドウェルの曲が低く流れている。

「そのバーンスタインなんだが」とボブ。思い出をたち切るように、口を開いた。

「六十代になったいまでも、プロデューサーとして第一線で仕事をしてるよ」

「ブロードウェイ・ミュージカルの？」

「もちろん」ボブは言った。いくつかの作品名をあげた。その中には、ヒット作とされるものも多くあった。

「彼とは、いまでも、ときどき連絡をとってる。ヘンリックの件も、いちおう話をすることはできる」ボブは言った。絵未は小さくうなずいた。

話は、予想以上に早く進んだ。ボブが連絡をとってくれて、ヘンリックはプロデューサーのバーンスタインに会えることになった。ミュージカルのプロットを見せにいくことが決まった。バーンスタインに会う前日、ヘンリックはさすがに緊張していた。木曜の午前中。ヘンリックはバーンスタインの事務所に行き、自分のプロットを見せているはずだった。

午後一時。ヘンリックから絵末に電話がきた。

「どうだった？」

「悪くなかったよ。前向きな反応があった。できれば会って話がしたいんだけど」とヘンリック。その声が明るい。

彼はいま、カーネギー・ホールの近くを歩いているという。そこからセントラル・パークまではすぐだ。とりあえず、セントラル・パークで会うことにした。

池の水面に、初夏の陽が反射していた。初夏というより、もう真夏を思わせる強い陽射しだった。タンクトップとショートパンツの白人女性が、池のほとりをジョギングしていた。

絵末とヘンリックはベンチに腰かけ、そんな池の水面を眺めていた。この池は、広大なセントラル・パークのまん中あたりにある。〈THE《ザ》 LAKE《レイク》〉、つまり湖と呼ばれている。けれど、湖というのは少し大げさだと絵未は思っていた。大きめの池というところだろう。

「それで、どんなだったの？」絵未がサンドイッチを手にして訊《き》いた。近くにある屋台《ベンダー》で買ってきたサンドイッチだった。

「立派なオフィスだったよ。いろいろな賞のトロフィーも飾ってあって」

「オフィスはともかく、ミスター・バーンスタインとの話は？」

「ああ、とても感じのいい紳士だったし、僕のプロットも、ちゃんと読んでくれたよ」

「それで、前向きな反応が？」と絵未。ヘンリックは、嬉《うれ》しそうな表情でうなずいた。

「バスケットボールを題材にしたミュージカルという発想は面白いねと言ってくれた。嘘っぽい口調じゃなかったよ」

「で、この先は？」

「きょう見せたのは、設定だけだから、それを、より具体的な脚本に仕上げてみてくれと言われた。いちおう完成したところで見せてくれとも」

ヘンリックは言った。自分でも舞い上がった口調にならないよう、抑えているのがわかった。

「とりあえず、よかったじゃない。でも、これからが勝負ね」

絵未は、うなずく。

「ああ、そうだ……」とヘンリック。水面を見つめ、何か考えている様子に見えた。

# 16　ようこそ、コニー・アイランドへ

「コニー・アイランド？」

　絵未は、訊き返していた。ヘンリックは説明しはじめた。

　ヘンリックの祖父母が持っていた古い別荘が、コニー・アイランドにあるという。

　コニー・アイランドは、マンハッタンの南にある島だ。イースト・リバーを渡り、一時間たらずで行ける。

　そこは、ニューヨークの避暑地。マンハッタンを東京だとすると、コニー・アイランドは湘南《しょうなん》の鎌倉《かまくら》や葉山《はやま》という感じだろうか。昔から、別荘も多い。絵未も、何回か遊びに行ったことがある。

「あそこに、おじいさんたちの別荘があるの？」

「ああ、祖父母はもう他界していて、いまは誰も使わなくなってる古ぼけた別荘があ

ってね」とヘンリック。さらに、

「別荘は、確かに古いんだけど、そこに行くとなんか落ち着いた気分になれる。忙しく人がいきかってるマンハッタンからその別荘に行くと、ほっとするし、ゆっくりとものを考えることができるんだ」と言った。

絵未は、うなずいた。コニー・アイランドは、昔からの別荘地。新しいものは何もない。けれど、時間がゆっくりと流れているような場所だ。

「考えたんだけど、あの別荘に行ってミュージカルの脚本を書こうと思うんだ」ヘンリックは言った。絵未は、彼の横顔を見た。

「ウエイターの仕事のない土日、コニー・アイランドに行って、脚本にとり組もうと考えてるんだけど、どう思う？」

絵未は、数秒考えた。

「いいんじゃない。マンハッタンにある家じゃ落ち着かないのね？」

「ああ」ヘンリックは軽く苦笑した。「うちは、ワイフの趣味で、ピカピカのモダンデザインなんだ。落ち着いてものを考えるには向いてない」

「そうか……」と絵未。「静かな海辺のコニー・アイランドで脚本を考えるのはいいかも」と言った。またヘンリックの横顔を見た。

彼の表情が、変わっているのに絵末は気づいていた。まず、目つき。これまでは、どこか自信のなさそうな目つきをしていた。けれど、いまは違っている。目の中に、強い光がある。何かに向かおうとする意志のようなものが、その目に感じられる。

表情や口調も、これまでと違う。なんとなく気弱な表情と口調だったのが、言ってみれば、一人前の男のものになっていた。

もしかしたら、人生の中で初めてと言える手ごたえと可能性を感じはじめたのだろう。

「ここは頑張るしかないわね」絵末が言うと、ヘンリックは大きくうなずく。

「ああ、頑張るよ。でも、君にも助けてほしいんだ。僕ひとりで脚本を書いてると、変に芸術ぶった方向にいきかねないから……」

「しょうがないなあ」絵末は、苦笑まじりに言った。スモークサーモンとオニオンをはさんだサンドイッチをかじった。若い金髪女性のランナーが二人の前を走り過ぎていく。その揺れる金髪に、夏の初めの陽射しが光っている。

「このあたりのはずだけど」

　とマリア。車のステアリングを握ってつぶやいた。

　土曜の昼過ぎ。コニー・アイランド。絵未は、マリアが運転する小型のワーゲンでヘンリックのいる別荘にやってきた。広い砂浜に面して、別荘がずらりと並んでいる。大きな別荘もあれば、ささやかなものもある。

　絵未がヘンリックにきいた道順でやってきた。けれど、似たような別荘が並んでいる。マリアは、車を停めた。絵未はスマートフォンをとり出しヘンリックにかけた。すぐに出たヘンリックが、道順を言った。

「そこを右に曲がって三軒目のグリーンの別荘だって。ほかにグリーンのはないって」

　絵未が言って、マリアは車を出した。ゆっくりと一〇〇メートルほどいくと、グリーンの建物が見えた。マリアが車のブレーキを踏んだ。建物の前に駐《と》めた。

「あら、ぼろっちい」とマリア。車をおりながら、絵未も建物を見た。確かに、ぼろい、年代物の別荘だった。そこそこ大きな木造の三階建て。外壁はグリーンだけれど、ひどく色褪《いろあ》せて薄緑になっている。ところどころ、板を張りつけて修理してある。

絵末は、車から小型のボストンバッグを出した。一泊する予定なので、着替えを少し持ってきていた。

建物の玄関からヘンリックが出てきた。絵末たちに笑顔で手を振った。

「ようこそ、コニー・アイランドへ」と言った。Tシャツ、ショートパンツ姿。その手脚は少し陽灼《ひや》けしている。彼が土日をここで過ごすようになって、いまは三週目だ。

絵末は、ヘンリックをマリアに紹介した。二人は笑顔で握手した。ヘンリックが、絵末のバッグを持って、建物に入っていく。絵末とマリアも、木の階段《ステップ》を玄関に上がっていく。絵末の耳もとで、マリアがささやいた。

「確かに優しそうなやつね。絵末が言ってた通り、ここに泊まっても、まず、迫ってきたりしなそう。その危険はないけど、この建物が崩れないかの方が心配よ」

絵末は苦笑しながら、

「確かに」と言った。マリアと玄関を入っていく。ロビー・スペースがあって、広いリビングがある。

「エミィの部屋は、二階に用意しといたよ。暑いから、とりあえず何か冷たいものでも飲むだろう?」とヘンリック。キッチンに入っていく。レモネードを二瓶持ってきて、絵未たちに渡した。

確かにきょうのニューヨークは真夏の暑さだ。おまけに、マリアの車はエアコンが故障している。ここにたどり着くまでに、そこそこ汗をかいた。

絵未は、冷たいレモネードを手に、海側のベランダに出た。目の前に、砂浜と海が拡がっていた。風が、頰をなでた。マンハッタンの重さを感じる熱風とは違い、軽くサラリとした風だった。風が、絵未の前髪を揺らす。彼女は大きく息を吸い込んだ。

広い砂浜には、水着やTシャツで日光浴をしている人がいた。といっても、夏の鎌倉のようなにぎやかさはない。ぽつりぽつりとシートを敷いて日光浴をしている。海に入ってはしゃいでいるカップルも一組いる。

絵未は、しばらく眼を細め、そんなビーチと水平線を眺めていた。

ふと、リビングをふり返る。マリアは、別荘の中をじろじろと見回している。

一時間ほどいて、マリアは帰っていった。帰りぎわ、

「建物が崩れそうになったら、すばやく逃げるのよ」と言った。建物のことを言えないほど古ぼけた車で帰っていった。ものすごい排気音をたてて……。

「わたしがここに泊まるのはいいとして、奥さんの方からクレームはつかないの？」

絵未は訊いた。夫婦のトラブルには巻き込まれたくなかった。けれど、ヘンリックは軽く苦笑し、「ワイフなら、まったく問題ない。僕がやることには興味がないんだ」と言った。「しかも、彼女は週末も仕事さ。ロケや取材に走り回ってるよ」

「そっか……」絵未は肩をすくめた。


「これが、強烈なダンクシュートよ」と絵未。パソコンの画面を指さして言った。ヘンリックは、真剣な表情でそれをのぞき込む。

マリアが帰っていった三〇分後。リビングルームのテーブルにノート・パソコンが置かれていた。その液晶画面に、絵未が撮ってきた動画が映っていた。あのTDたちが、3×3《スリー・バイ・スリー》をやっているところに行き、そのシーンを撮ったものだ。

決めの場面になるダンクシュート。

3《スリー》ポイントシュート。

両足の間を通す、曲芸のようなドリブル。

相手の裏をかくトリッキーなパス。

などなど……。

TDの説明をききながら絵未が撮ってきたバスケのテクニックがつぎつぎと、画面に流れる。ヘンリックは、じっとそれを見ている。映像を何回も停めては、ノートにメモをしている。絵未が初めて見る彼の表情だった。

やがて、映像を見るのは小休止。絵未は立ち上がる。

「飲み物は冷蔵庫よね」

訊《き》くと、ヘンリックはうなずく。「自由にやってくれ」と言った。自分は、ノートに何か書き込んでいる。

絵未はキッチンに入っていった。冷蔵庫を開ける。ミネラルウォーター、グァバジュース、コーラなど……。絵未のために用意したのか、ハイネケンの6瓶《シックス》パックもあった。マスタード、ケチャップなどの調味料も入っている。

まだ午後の四時過ぎ。ビールには少し早い。絵未は、ミネラルウォーターのペットボトルを手にとった。

そのキャップをとり、口をつける。キッチンを見回した。そこそこのキッチン用品がある。ヘンリックによると、この別荘が使われなくなって、もう長い年月がたつという。

けれど、そういう印象はなかった。定期的に誰かがここに泊まっている感じだった。それがヘンリックの家族でないとすると、ヘンリック本人だろうか……。

絵未の胸に、疑問が消え残った。けれど、少し肩をすくめる。その辺は、自然にわかっていくだろう。

ミネラルウォーターを手に、キッチンを出る。リビングでは、ヘンリックがテーブルでパソコンを見ている。バスケの映像を再生し、メモをとり続けている。

「ちょっと砂浜を散歩してくる」

絵未は言った。リビングからベランダに出た。ベランダから色褪せた木の階段をおりる。七、八段おりると、そこは砂浜だ。ところどころに低くまばらな茂みがあり、広い砂浜が拡がっている。遅い午後の陽が、砂浜に射している。

絵未は、階段のとちゅうでスニーカーとソックスを脱いだ。裸足《はだし》で砂浜に歩き出す。一歩、二歩……。足の裏に、温かさを感じる。陽射しであたたまった砂の感触だった。絵未は、胸の中で〈ああ……〉とつぶやいていた。気持ちがほぐれていくのがわかった。

マンハッタンは、刺激的な場所だ。けれど、そこで生活するのは、緊張やプレッシャーを感じ続けることでもある。

絵未も、一〇年以上マンハッタンで暮らしてきた。知らず知らずのうちに、緊張が体の中にたまっていたようだ。いま、コニー・アイランドの砂を足の裏に感じて、そんな緊張がほどけていく……。

絵未は、砂浜に立ち止まり、顔を上げた。シャワーのように陽射しを顔にうける。ゆるやかな海風が髪を揺らしている。絵未は両手を拡げ、深呼吸をした。頭上では二、三羽のカモメが風に漂っている。

夕方の六時過ぎ。ヘンリックと絵未は、夕食のために別荘を出た。まだ明るさの残る遊歩道を二、三分歩いた。海に面してレストランがあった。〈SEA《シー》 GARDEN《ガーデン》〉という文字が見えた。

「やあ、ヘンリック」と店のオーナーらしい初老の男性。二人が店に入っていくと笑顔を見せた。

この店は、ヘンリックが子供だった頃から営業しているという。ここに別荘を持っている人たちには、自分の家のキッチンのような店。常連客は、〈SEA GARDEN〉の店名を略して〈SEA G〉と呼んでいる。

店のオーナー兼シェフはハンク。メニューは、主にシーフード。ニューヨークのさらに北のメーン州から仕入れている。そんなことを、歩きながらヘンリックが話してくれた。

店の窓はすべて開かれ、大西洋の海が見える。涼しくなってきた海風が入ってきて、テーブルにある花瓶の花を揺らせている。海岸町らしく気どりのないその雰囲気を、絵未はすぐに気に入った。夫婦らしい初老の人たちが、ゆっくりと食事をしている。

テーブルにつくと、店主のハンクがメニューを持ってきた。開くと、確かにシーフードばかりだ。メーン州の海が全米でも最大の漁場であることは、絵未も知っている。付近を寒流が流れているので、良い魚介類が獲《と》れることもよく知られていた。絵未は、うなずきながらメニューを眺める。

ロブスター、クラム（はまぐり）、タラ、カキ、ツナ、シュリンプなどなど……。

ヘンリックが店主を見た。

「ハンク、ロブスターはどうかな?」と訊いた。白髪のハンクは肩をすくめる。

「入ってることは入ってるが、あまり良くないね。やめておいた方がいいよ」とハンク。絵未は、ちょっと感心した。メニューの中でも値段の高いロブスター。その仕入れが良くないからすすめないハンクに好感を持った。これがマンハッタンのレストランなら、もしかしたら違っているだろう。やはり、ここは温かい土地柄なんだろう……。

「じゃ、きょうは何がおすすめ？」ヘンリックが訊くと「クラムがいいよ」とハンクが言った。結局、ヘンリックははまぐりのフライをオーダーした。

ハンクが奥に入っていっても、絵未はメニューを眺める。常連客がほとんどのせいか、見なれない単語がある。〈Ｆｒ．Ｆｒ．ＰＯＴ〉と書いてある。「これは？」絵未は指さして訊いた。

「ポテトのフレンチ・フライだよ」とヘンリック。「じゃ、これは？」と絵未。〈ＴＯＭ Ｓａｌａｄ《サラダ》〉を指さした。

「トマト・サラダだよ。そうだ、これも注文しよう」

二〇分後。二人は、白ワインを飲みながら、はまぐりのフライを食べはじめた。はまぐりは、絵未が見たこともないほど大きく、柔らかく、ジューシーだった。

そんな食事をしながら、話はミュージカルの脚本に……。

「登場人物は決めたの？」と絵未。

「主役の少年は、やはり三人。それ以上多くすると、ストーリーがまとまらなくなりそうだから……」とヘンリック。「その三人は、前に考えていた通り、黒人が一人と白人が二人にしようと思うんだけど、どうかな？」と訊いた。

「いいと思うわ」うなずきながら絵未は言った。

プロ・バスケットボール、NBAは圧倒的に黒人の世界だ。けれど、いまヘンリックが考えているミュージカルは、街の片すみでバスケをしている少年たちのストーリーだ。別に、全員が黒人である必要はないだろう。絵未は、そのことを彼に言った。

「その通りだね。しかも、主役の三人が全部黒人少年だったら、ミュージカルとして観客がうけ入れづらくなってしまうと思うんだ」

ヘンリックが言った。そのとき、絵未は、〈へえ……〉と胸の中でつぶやいていた。ヘンリックの言葉からは、かつての文学青年っぽさが消え去っている。〈観客がうけ入れづらく〉などという言葉は、これまでの彼なら、まず口にしないだろう。

〈その気になったんだ……〉絵未はまた心の中でつぶやいていた。

熱心にミュージカルの話をしながら食事を終えた。勘定をすませ、店を出る前に、絵未はレストルームに入った。

貝殻が飾られたレストルームを出た。そこで、話し声がきこえた。ヘンリックと店主のハンクが立ち話をしている。少し低い声で話している。絵未はふと立ち止まった。

「デニーロのことは、もう忘れられたのかい？」とハンクの声。一瞬間をおき、「まあ……」とヘンリックが答えた。そして、「過ぎたことだし」とつけ加えた。二人の会話は、それ以上続かない。ほんの短いやりとりだった。けれど、絵未の耳には届いた。

絵未は、あらためて少し後ずさり、レストルームのドアを、音をたてて開閉した。ゆっくりとした足どりで出ていく。ヘンリックとハンクが、絵未を見た。

「ごちそうさま、美味《おい》しかったわ」絵未はあえて明るい声でハンクに言った。ハンクは、人のよさそうな笑顔を浮かべる。

「エミィだったたね。喜んでもらえてよかった」と言った。絵未とハンクは握手をした。二人は店を出た。

ヘンリックと並んで、遊歩道を別荘に向かう。彼は、絵未がハンクとの会話をきいてしまったのに全く気づいていないようだ。けれど、絵未の心では疑問符が点滅していた。

〈デニーロ……〉〈過ぎたことだし……〉そんな二人の会話を思い返していた。デニーロとは、過ぎたこととは……。

# 17　私立探偵がよくやる手

その日の夜中二時過ぎ。絵未は目を醒《さ》ましてしまった。初めて泊まる部屋なので、よく寝つけなかったのかもしれない。

もう一度、ビールでも飲むか……。そう思いベッドを出た。足音をしのばせ、一階におりる。冷蔵庫からハイネケンをとり出す。それを持って、リビングを出た。ベランダの手すりにもたれ、ハイネケンを飲みはじめた。

夜の空気がひんやりと頬をなでていく。彼方《かなた》の波打ちぎわからは、リズミカルに打ち寄せる波音がきこえていた。

ビールをふたくちほど飲んで、絵未はひと息。建物を見上げた。そして、ハイネケンを口に運ぶ手が止まった。

二階の左端。たぶん、ヘンリックの部屋。その窓に明るさ……。間違いない。部屋の灯《あか》りがついている。ヘンリックは、何か考えごとをしている。もしかしたら、ミュージカルの脚本を書いている。そのどちらかだろう。

絵末は、目を細める。ぼんやりと明るい二階の窓を見つめていた。あい変わらず、リズミカルな波音がきこえていた。


翌週末も、絵末はコニー・アイランドに行った。マリアに送ってもらうのは遠慮し、電車を使ってコニー・アイランドに向かった。

別荘に着くと、ヘンリックは脚本を書いていた。ストーリーがかなりでき上がっている。そこで課題が出てきた。いろいろな場面に使う音楽が必要になってくる。

もちろん、ミュージカルを制作するとなれば、オリジナル曲を作ることが多いだろう。けれど、企画の段階で、どんな感じの曲を使うのか、決めておく必要があるようだ。

「僕は、あまり音楽にくわしくないから、エミィに手伝ってほしいんだ」とヘンリック。

絵末は、うなずいた。漠然《ばくぜん》と考えてみる。

街の片すみでバスケをやっている少年たちや、それにかかわる少女たちのストーリーだ。そうなると、一番近い楽曲のイメージはM《マイケル》・ジャクソンかもしれない。けれど、ブロードウェイ・ミュージカルの主な観客は大人たちだ。そうなると、マイケル・ジャクソンでいいものか……。

「そこが問題ね」絵未が言うと、ヘンリックもうなずいた。

「確かに、難しいところだね」と、つぶやいた。

「やあ、エミィ」とハンク。あい変わらず人のよさそうな笑顔を見せた。

夕方近い四時半。別荘近くのレストラン〈SEA G〉だ。ヘンリックは、別荘で脚本にとり組んでいる。絵未には、音楽のイメージを決める課題がある。とはいえ、じっと考え込んでいてもしょうがないだろう。絵未は、

「先に店に行ってるわ」と言い別荘を出た。三分ほど歩いて、レストランにやってきた。

店に、まだお客はいない。ハンクは、すみにあるバー・カウンターの中にいた。のんびりとカウンターを拭《ふ》いていた。絵未は、カウンターのスツールに腰かけた。ハン

クと向かい合う。BUD《バドワイザー》を頼んだ。すぐに出てきた。小皿に盛ったピスタチオも前に置かれた。

絵未は、BUDをふたくちほど飲む。

「デニーロとのこと、ヘンリックにとっては大変だったのね」と言った。ハンクが絵未を見た。

「ヘンリックからきいたのか」と言った。絵未は、無言でうなずいた。アメリカの探偵小説で、私立探偵がよくやる手だった。

「なんせ、一七歳といえば一番感受性の鋭い年頃だからなあ……」とハンク。客がいなくて手もちぶさたなせいか、自分から話しはじめた。

「二人は仲がよかったんでしょ？」と絵未。

「ああ、夏の間はいつもビーチバレーでコンビを組んでた。その頃のコニー・アイランドじゃ、敵がいないほどのコンビだったなあ」

「へえ、ビーチバレーか……」

「そう。十代のヘンリックは、スポーツ万能だった。泳ぐのも、走るのも、なんでも人並みはずれてたけど、特にビーチバレーは上手だったよ。まあ、デニーロという相棒とのコンビもよかったんだけどな」

とハンク。彼によると、デニーロはイタリー系の血筋。父親は、レストラン経営でそこそこ成功した。夏の間、デニーロはコニー・アイランドの別荘で過ごしていたという。ヘンリックとデニーロは、同じ年齢《とし》。兄弟のように仲がよかったらしい。ビーチバレー以外でも、一緒に行動していたという。

「でも……」と絵未。ハンクに水を向ける。

「……あれは、突然の悲劇だった。周囲の誰もがショックをうけたが、親友を失なったヘンリックにとってのショックは、はかりしれないものがあったろうな」とハンク。

見れば、彼もBUDを飲みはじめている。この日、天気があまりよくない。お客がそれほど来そうにないので、ハンクもリラックスしている感じだった。

「突然の悲劇……」絵未は、つぶやいた。

「ああ、天気もよく、海も穏やかだった。まさか、あんな日に水の事故が起きるなんて、思ってもみなかった」

「ヘンリックは、水泳が得意だったんでしょ？　デニーロは？」

「デニーロも水泳は得意だった。だから、二人で沖まで出てしまったんだな。まさか、脚がつるなんて想像してなかったんだろう」

「そうか、脚がつったんだ……」

「ああ、二、三〇メートルはなれて泳いでいたデニーロの姿が見えないことにヘンリックが気づいたときは、もう遅かった。デニーロは海中に沈んでいたようだ」

ハンクは言った。ヘンリックは、あわてて周囲を泳ぎ回ったけれど、デニーロを発見できなかった。二〇分ほどして、ヘンリックは砂浜に戻ったらしい。ライフガードはいないので警察に通報した。付近の海域での捜索がはじまって三時間後、デニーロの遺体が海中で発見されたという。

話をきいていた絵未の手が止まった。ビールのグラスをカウンターに置いて、宙を見ていた。言葉がうまく見つからなかった。大きく息を吐いた。言葉を探していると、ハンクが口を開いてくれた。

「不運な事故だった。一緒に泳いでいたヘンリックを責める者は一人もいなかった。というより、親友を失なったヘンリックに同情する人が多かったよ。だが……」

「だが?」

「ヘンリックにとっては、耐え切れないほどのショックだったんだろうな。……彼は、変わってしまった」ハンクは言った。BUDを瓶から飲む。ひとくち、ふたくち……。

「その日以来、ヘンリックはすべてのスポーツをやめてしまったよ。ビーチバレーはもちろん、泳ぐのも走るのも、何もかもやめてしまった。そして、内向的な青年になってしまった。君も知ってるだろうが、いつも本ばかり読んでいる……。その表情もけして明るくない……。人が変わったようだった。親友の死は、それ程にショックだったんだろう。わからないでもないがね」

とハンク。絵未は、うなずいた。

「そのあとも、彼はよくコニー・アイランドに？」

「そうだな。ひと夏に何回かは泊まりにきてた。けど、家のベランダでも、この店に来ても、本のページをめくっていた。よく言えば静かな表情、あえて言えば暗い表情でね……」

絵未は心の中でうなずいていた。あの別荘には、ときどき人が滞在していた気配がある。その理由がわかった……。

同時に、絵未は思い返していた。初対面からずっと感じてきたヘンリックの性格。それが、どのようにしてつくられてきたのか、そのあたりが見えてきた。暗い地下室で懐中電灯の明りをつけ探していたら、やっと目的のものが見つかったように……。

ハンクが、BUDに口をつけた。しわの目立つノドが少し動く。しばらく無言でいた。そして、絵未を見た。

「だが、先週はちょっと驚いたものだよ」

「先週？」

「ああ、先週の土曜、君とヘンリックがこの店に来ただろう」とハンク。「あの夜、君たちは、脚本か何かについて話していたね」

絵未は小さくうなずいた。

「あのとき、君と話しているヘンリックの表情を見て、私は驚いた。あれほど明るく、元気そうなヘンリックの表情を見るのは、とんでもなく久しぶりだったよ。もしかしたら、十代の頃以来かもしれない」とハンク。

「彼の中で、何かが変わってきたのは確かなようだ。その理由は君の存在なのかな……。そんな気もするんだが」

とハンク。そう言うと、言葉を切りふと視線を上げた。窓の外。ヘンリックがゆっくりと遊歩道を歩いてくるのが見えた。

「いま私が話したことは、ヘンリックには内緒にしといてくれ。ビールのせいもあって、少しよけいなことまで話した気もするから」とハンク。「ただ、ヘンリックを昔の明るい青年に戻すことができるのは、君かもしれないと思って話したわけだがね」

絵未は、微笑しうなずいた。「胸の中にしまっておくわ」


「どうした、エミィ。シュリンプ、美味《うま》くないのか？」

ヘンリックが訊《き》いた。二人は、テーブルに向かい合って食事をしていた。とりあえず、シュリンプつまり小エビの唐揚げをつまみながら、ビールを飲みはじめていた。けれど、シュリンプを口に運ぶ絵未の手がゆっくりだった。それを見ていたヘンリックが、〈美味くないのか？〉と訊いてきたのだ。

「美味《おい》しいわよ」と絵未。首を横に振った。「ただ、ちょっと考えごとをしてて……」

「考えごと？」

「ええ、ミュージカルの脚本に似合う曲を考えなきゃならないでしょう。そのことが気になって」

絵未は答えた。それは半分だけ本当だった。脚本にあてはめる曲について考えているのは本当だった。けれど、それより気になっているのは、さっきハンクからきいた話だった。十代のスポーツ万能だったヘンリック。水の事故で親友を失くし……。そのことが、頭の中に渦まいていた。食べることや飲むことに集中できなくなっていた。店に、初老のカップル客が入ってきた。ヘンリックの顔見知りらしく、彼に話しかけてきた。ヘンリックも話の相手をしている。絵未は少しほっとした。ビールを、ゆっくりと口に運ぶ。

ベッドに入っても、寝つけなかった。絵未は、枕もとの時計を見た。夜中の一時半になっていた。ハンクにきいた話を、頭の中でリピートしていた。

そうしているうちに、あることが頭にひらめいた。漫画だと、頭の上で電球がチカッと点灯する。そんな感じで、ある考えが浮かんでいた。

それは、こんなことだ。

ヘンリックが、いま書こうとしている脚本のテーマは、少年同士の友情だ。バスケに熱中する少年たちの友情……。それに恋がからむ。

〈それって、もしかしたら彼の人生経験からきてる？〉絵未は、心の中でつぶやいていた。

ヘンリックは、ハイティーンのとき、不測の事故で親友を失なっている。その悲しみは、いまも心の傷として残っているようだ。そして、こういう思いもあるのではないだろうか。あの事故がなかったら……。事故さえなかったら、二人の友情はずっと続いていたはずなのに……。

だが、それはもう不可能なことだ。

そこで、ヘンリックは、少年同士の友情をモチーフにした脚本を書いているのではないか……。自分自身が十代のときに失なってしまった友情。それを、せめてミュージカルの中で、ハッピーエンドにしたいのではないか……。

それは、かなり確かなことのように絵未には感じられた。

ヘンリックがいま書いている脚本のプロット。そのラストは、こうだ。

プロのバスケ選手への道を進もうと決心する黒人少年。大学へ進んでもバスケを続けると誓言する白人の少年。バスケの選手にはならないが、スポーツ用品の開発者になろうとする白人の少年。

その三人は、ハイスクールの卒業をひかえて、こう誓い合う。それぞれの進む道は分かれても、毎年一回、街の片すみにあるこのバスケットのコートで3×3《スリー・バイ・スリー》をやろうと……。そんなラストだ。

そこには、ヘンリックの思いがあるのではないか。永遠に続くかのような十代の友情……。それは、自分には得られなかったもの、自分の手からこぼれ落ちたもの。それを、せめて脚本の中で実現させたいのではないか……。

それが間違いないことのように絵未には感じられた。そう思うと、切なさが胸にこみ上げる。

絵未は、ベッドから出る。ジーンズを身につけ、一階のリビングにおりていった。ヘンリックの姿はない。自分の部屋で脚本を書いているか、もしかしたら眠っている。

絵未は、キッチンに行った。並んでいる酒瓶から、ゴードンのジンをとった。ジンのオン・ザ・ロックをつくった。ライムを絞った。それを持って、リビングのソファーに体をあずけた。少し自分をクールダウンする必要があるようだ。

絵未は、ソファーに座り、グラスに口をつけた。ふと、目の前のテレビに気づいた。そばにあるリモコンで、スイッチを入れた。

画面に映画が流れはじめた。深夜の名画劇場のようなものらしい。流されている映画は、J・ルーカス《ジョージ》が監督をした『アメリカン・グラフィティ』だった。観るのは、これが初めてではない。

カリフォルニアの田舎町。ハイスクールを卒業していく少年や少女たちのひと晩。流れるのは、オールディーズの名曲たち……。

最初は、懐しさで、絵未はその画面を観ていた。そのうちに、自分が身をのり出しているのに気づいた。そして心の中で、〈これ……。これかもしれない……〉と、つぶやいていた。

いま、テレビからは、ザ・プラターズの唄《うた》う〈煙が目にしみる〉が流れていた。卒業パーティーのダンス・シーン。ケンカ別れしそうになっている男の子と女の子が踊っている。甘く切ないシーンだ。絵未は、その画面をくいいるように見つめていた。〈これだ〉と、つぶやいていた。

オールディーズの名曲なら、大人の観客たちにもうけ入れられやすいはずだ。同時に、〈過ぎ去ったあの日〉を連想させるだろう。ティーンエイジャーたちを主人公にしたミュージカルにはうってつけかもしれない……。

絵未は、グラスを両手で握り、画面をじっと見つめていた。

# 18　カンパリは、ほろ苦くて

「オールディーズか……。それは気づかなかったな」

ヘンリックが言った。翌日。午前一一時過ぎだ。絵未は、午前五時頃まで起きていた。明るくなってからベッドに入り、さっき起きたばかりだった。

ミネラルウォーターを飲みながら、ヘンリックに話した。オールディーズの名曲を、選曲の候補として出してみたらどうかと……。

ヘンリックの目が輝いた。その話にのってきた。

絵未は、リビングのすみに行った。そこには、かなりくたびれたアップライト型のピアノがある。調律が少しずれているけれど、今は気にならない。絵未はピアノの鍵《けん》盤《ばん》に指を置いた。

「たとえば、少年たちがバスケのボールを追って走り回ってるところは、こんなの、どう？」

言うと、絵未は鍵盤に指を落とした。C《チャック》・ベリーの〈Johnny B. Goode《ジョニー・ビー・グッド》〉のイントロを軽快に弾いてみせた。

「こんなのもありよ」

言うと、E《エルトン》・ジョンの〈Crocodile Rock《クロコダイル・ロック》〉のイントロを弾いた。

「いいよ、すごくいい！」とヘンリック。ピアノに合わせて体でリズムをとっている。

マンハッタンに帰ると、絵未はすぐ楽器店に行った。オールディーズの曲が山ほど載っているソングブックを買った。この中から、脚本の場面に合った曲を選べばいいだろう。

その週末も、絵未はコニー・アイランドに行った。出来かけているヘンリックの脚本。そのシーンに合う曲をあてはめていく。

「たとえば、ここは？」

ヘンリックが、脚本のある部分を指さした。少年の一人が、新しく買ったバスケの青いシューズを仲間に自慢するシーン。

「そこなら、これね」

絵未は言った。ソングブックをピアノの前に置く。〈Blue Suede Shoes《ブルー・スウェード・シューズ》〉の1《ワン》コーラスを弾いてみせた。ヘンリックが、〈いいよ!〉という表情で親指を立ててみせた。

「じゃ、こんな場面はどうかな?」

とヘンリック。脚本を指さす。主人公の一人、白人の少年が、好意をよせている少女に恋の告白をする。けれど、そっけなく断わられて、小雨の降る街を歩いていく。

「ちょっと待って」絵未は、ソングブックのページをめくる。「これかな……」と言った。

B《ボビー》・ヴィントンが唄った〈Mr. Lonely《ミスター・ロンリー》〉、それを軽く弾き、歌を口ずさんでみせた。ヘンリックが、大きくうなずいた。彼も、その曲を口ずさみはじめた。そんな共同作業をしている絵未たちに、窓から入る夏の陽が射していた。

おや……。絵未は、思わず手を止めた。その写真を眺めた。

午後の三時過ぎだった。ヘンリックとの共同作業が一段落。絵未は、ピアノを直そうとした。調律がずれているのは、やはり気になる。もし道具があれば、単純な音のずれは直すことができる。

この別荘に道具類はないのか、絵未はヘンリックに訊《き》いた。

「そこの奥に、物置部屋があるけど」ヘンリックが言った。一階の廊下を指さした。

自分は、脚本を書き続けている。

絵未は、うなずいた。一階の廊下を歩いていく。突き当たりのドアを開けた。少しきしみながらドアは開いた。

ホコリっぽい空気。長い間、誰も入ったことがないような部屋だった。確かに、道具部屋だった。素人が使う程度の大工道具。ペンキの缶などが、雑然と置かれていた。古びた建物の簡単なメンテナンスならできそうな道具類だった。窓からは陽が入ってきているので、暗くはない。

絵未は、ピアノの修理に使えそうな道具を探しはじめた。置かれている道具箱やダンボール箱を開けてみる。

そうしているうちに、ふと手が止まった。一個のダンボール箱を開けたときだった。その中には、いろいろな写真が入っていた。どれも昔の写真のようだった。一番上には、あきらかに少年時代のヘンリックと思えるスナップがあった。Tシャツ姿で、別荘の砂浜に立っていた。

絵未は、その写真を手にとりしばらく眺めた。やがて、写真を箱に戻そうとした。そのとき、ふと一枚の写真に気づいた。

若いカップルが写っているスナップだった。二十代と思える二人が、この別荘のベランダにいるスナップ。男はヘンリックで、女は彼のワイフ、ステイシーだった。二人とも、陽射しが眩《まぶ》しいのか、笑顔ではない。そして、二人とも若い。ヘンリックは髪をかなり伸ばしている。ステイシーは、スポーティーなショートカットの髪型だ。写真は、すでに黄ばんでいる。

絵未は、二、三分、その写真を見ていた。そっと、ダンボール箱に戻した。

真夏なので、ハンクの店には客が多かった。そんな店の片すみ、窓ぎわのテーブルに絵未とヘンリックはいた。ムール貝やタラの入ったブイヤベースを突ついていた。

「あなたがこの別荘で週末を過ごすことを、ステイシーは気にしていないの？　前にも聞いたけど……」絵未は自然な口調で言った。ヘンリックは、肩をすくめた。

「まったく気にしてないね。あのとき話したように、彼女は僕のことを認めてないから……」

「認めてない？」

「ああ。一作も上演されたことのない自称脚本家で、実際はウエイター。そんな僕のことを、彼女はなんとも思っていない」

「へえ……」

「ステイシーのまわりには、有名カメラマンや一流のデザイナーたちがいる。そんな彼女にとって、ウエイターをやっている僕の存在なんて、ないに等しいと思う。存在感でいえば、トースター以下だろうな」

苦笑しながら、ヘンリックは言った。ムール貝の殻を、わきの殻入れに放り込んだ。

絵未も、つられて苦笑していた。


その夜、一二時近く。絵未はベランダにいた。古びた木のベンチに腰かけ、カンパリのオン・ザ・ロックを飲んでいた。ヘンリックは、あい変わらず二階の部屋にいる。脚本を書いているらしい。

絵未は、カンパリのグラスに口をつけた。考えていた。さっきヘンリックが話したことについて考えていた。

彼のワイフ、ステイシーが、自称脚本家でしかないヘンリックの存在を認めていない。彼女が一流ファッション誌の編集者であることを考えれば、それもうなずける。

それなら、もしヘンリックの脚本が認められ、ブロードウェイで上演されたら、彼女はヘンリックの存在を認めるのだろうか……。

あり得る。そして、いまは冷めているらしい夫婦関係が修復に向かう可能性も大いにあるだろう。

絵未は、頭の中を整理しはじめた。

ヘンリックの脚本がプロデューサーに認められ、ブロードウェイで上演される……その夢に協力することは、彼をワイフのもとへ送り返すことになりかねない。

そういうことだろう。

そこまで考えて、絵未は、ヘンリックに対し好意を持っていることに気づいた。はっきりといえば、恋愛感情を持っていることに気づいた。コニー・アイランドにくるようになった頃から、漠然と感じてはいたけれど……。

皮肉なものだ、と絵未はつぶやいた。彼の夢を実現させるのに協力をすることが、彼をワイフの方へ送り戻すことになるとは……。

さて、どうする。そう自分自身に問いかける。カンパリをひとくち。もともとホロ苦いカンパリが、さらにホロ苦い。

ふと見上げた夜空。流れ星が一つ、右から左へ流れて消えた。願いごとをする間もなく消え去った。

# 19　美味しいものは賞味期限が短い

「そりゃ、困ったわね」とマリア。売り場に並んでいるズッキーニを眺めながら言った。

「ちょっとね……」と絵未。マリアと並んで、ゆっくりと歩いていく。

火曜日の昼下がり。二人はクイーンズにいた。クイーンズは、マンハッタンのすぐ隣り。イースト・リバーをへだてた所にある少し特殊な地区《エリア》だ。

ここには、さまざまな人種が住んでいる。と同時に、さまざまな国の食材が手に入る。チャイニーズはもちろん、インド系、アラブ系、メキシコ系などなど……。絵未もマリアも料理好きなので、一〇日に一度ぐらいはここに来る。

そんなクイーンズにあるマーケットを二人は歩いていた。主に野菜や果物が並んでいる売り場で買い物をしていた。マリアがピメントの前で立ち止まる。それを手にとり眺めている。

「あのヘンリックは、ちょっと気弱そうだけど、基本的にはいいやつじゃない」そう言うと、マリアはピメントをカゴに入れた。

「だから、エミィがそういう気持ちになったのも、わからないではないわ」と言った。

絵未は、ポロ葱《ねぎ》を手にとる。

「でも、彼にはワイフがいる」

と言い、肩をすくめた。

「まあ、仕方ないわね」とマリア。

「そうね、なるようにしかならないか……」絵未がつぶやいた。

「その通り。なるようにしかならない。初めて作る料理と同じでね」

とマリア。彼女には、もう五年近くつき合っている恋人がいる。そのことを絵未はよく知っていた。

マークというその恋人は、地質学者。一年の半分以上、アメリカ各地や、ときには海外を駆け回っている。それが主な原因で、初めは順調だったマリアとの関係も冷《さ》めかけていると絵未はきいていた。

二人は、さらにマーケットの中を歩いていく。やがて、果物を使ったパイやスムージーを並べている売り場にきた。

「あ、美味《おい》しそう」マリアが言った。レモンパイの前で立ち止まった。マリアは果物のパイが好きだ。いまも、レモンパイを眺めている。

マリアは、透明プラスチックのパッケージに入っているレモンパイを手にとった。アメリカでも最近は、カロリーや賞味期限が表示されていることが多い。そのレモンパイにも、それらが表示されている。

わきからのぞき込んだ絵未は、

「けっこうなカロリー……」と言った。生クリームをたっぷり使ったレモンパイは、相当なカロリーがある。ダイエット中のマリアにとっては、悩むところだろう。マリアはパイを手にしたまま、

「しかも、賞味期限があと二日よ。二日間でこれを食べつくしたら、この四週間のダイエットがだいなしじゃない」と口をとがらせた。

マリアは、かなり迷ったあげく、レモンパイを棚に戻した。

「美味しいものって、なんで賞味期限が短いの」と彼女。「男と女のつきあいみたい

「……」そう言い、ホロ苦く微笑した。

「この場面は、どうだろう」とヘンリック。脚本のページを指さして訊《き》いた。

ミュージカル〈DUNK《ダンク》〉の後半。主役の一人、黒人少年が、プロの入団テストをうけるかどうか迷っている。それを仲間の白人少年がはげます場面……。

〈この場面は、どうだろう〉とヘンリックが訊いた。この場面にどんな曲が合うか、絵未に考えてほしいという。

絵未は、しばらく考える。そして、「これなんかどう?」と言った。ピアノの前に座る。サラリと弾いた。

曲は〈For Once In My Life《フォー・ワンス・イン・マイ・ライフ》〉。昔のスタンダードナンバーだ。若かったS《スティービー》・ワンダーが唄《うた》ってヒットしている。

「フォー・ワンス・イン・マイ・ライフ……。人生でただ一度のか……」とヘンリック。「この場面に、それ以上の曲はないな」と言った。絵未とヘンリックは、笑顔でハイタッチ。八月の風が、リビングルームを吹き抜けていく。

絵未は、腹をくくっていた。

この先、ヘンリックとのつきあいがどうなるのか、それはまったくわからない。けれど、いまは彼の力になってあげる、彼の脚本が認められるために協力する、そのことを心に決めていた。

「じゃ、つぎの場面は？」


その二週間後。土曜日。

「いよいよ、最後の場面だな」ヘンリックが言った。ミュージカルの脚本は、ほぼ出来あがっていた。最後の場面にきていた。バスケに熱中していた三人の少年たちが、ハイスクールを卒業する。それぞれの道を歩きはじめる。道は分かれても、一年に一度、思い出のコートでバスケをやろう、そう約束する場面だ。

「ここに合う曲は、なんだろう」とヘンリックが言った。絵未は考えはじめた。

少年たちの別れ。新たな旅立ち。ホロ苦さ。そして希望……。そんなラストシーンにふさわしいのは、どんな曲だろう。

「しばらく考えさせて」絵未は言った。ぶ厚いソングブックを手に、リビングからベランダに出た。くたびれた木のベンチに体をあずける。ソングブックのページをめくりはじめた……。

そして、三時間後。

これだな、と絵未は胸の中でつぶやいた。ソングブックを手にリビングに戻った。

ヘンリックは、脚本の手なおしをしている。絵未はピアノを前に、ソングブックのページを開いて置いた。

「ラストは、これでどう?」そう言い、鍵盤《けんばん》に指を走らせる。

E《エルトン》・ジョンの〈Goodbye Yellow Brick Road《グッバイ・イエロー・ブリック・ロード》〉。一九七三年にリリースされたヒット曲だ。甘く、切なく、懐しい。少年たちの旅立ちには、ふさわしいバラードだろう。

絵未は、ピアノでコードを弾きながら、軽く口ずさむ。ヘンリックも、もちろん知っている曲らしい。

やがて曲が終わった。二人は、右手と右手でハイタッチ。ヘンリックが、両手を握りしめた。

「できた!」

その夜は、完成祝いをすることにした。二人で近くのマーケットに行った。ツナ、つまりマグロの切り身と少し高級なカリフォルニア・ワインを買った。絵末が、粒コショウをきかせたツナのステーキを作った。ローソクを灯《とも》しゆっくりとワインを飲みながら、食事をした。

食事を終える。お酒を、キッチンにあったカルーアに変えた。ソファーに並んで腰かけ飲みはじめた。ヘンリックはもちろん、絵末もかなり酔っていた。〈グッバイ・イエロー・ブリック・ロード〉と、くり返し唄った。

その夜、ごく自然に二人はひとつのベッドに入った。寸前にためらったのはヘンリックの方だった。絵末は、ためらわなかった。プールに飛び込むように、ベッドに滑り込んだ。遠くから波音がきこえていた。

# 20　夏のエンディング

絵未がうっすらと眼を開くと、カーテンの外が明るくなっていた。彼女は、体を起こす。隣りではヘンリックが眠っていた。かすかな寝息をたてている。

絵未はそっとベッドから出ると、肌寒さを感じた。床に脱ぎ散らかしてある下着をひろい、身につけた。ジーンズをはき、綿のパーカーをはおった。そっと部屋を出る。一階におりた。ソックスとスニーカーを履いた。静かに扉を開け、ベランダに出た。

とたん、空気の冷たさに身をすくめた。絵未は、思わずフードつきパーカーの前を合わせた。

天気が、きのうとは一変していた。きのうまでは、よく晴れていた。海は青く、八月の終わりの陽射しがまぶしかった。

けれど、いま、空は一面のグレー。海も、きのうまでの青さを失なっている。ひんやりとした風が北から吹いている。

絵末は、ベランダの手すりに両ひじをつく。前に拡がっている海と空を眺めた。グレーの雲が低い。にぶい色の海に白波が立っている。砂浜に人の姿は見えない。忘れ去られたらしいパラソルが、砂浜に転がっている。冷たい風が、絵末の髪をパタパタと揺らせている。

アメリカの北東部では、こうして季節のページがめくられることがよくある。一日で、一ヵ月以上、季節が進んでしまうのだ。

絵末は目を細め、うっすらとしたグレーにおおわれた風景を見つめていた。カモメたちの姿も、いまはない。コニー・アイランドの短い夏が、終わろうとしていた。


「本当に一緒に行ってくれないのか?」ヘンリックが訊いた。

「あなた一人で行きなさいよ。大丈夫だから」と絵末。ヘンリックの背中を押した。

九月の第一週。水曜の午後。セントラル・パークに近い路上だ。ヘンリックは、プロデューサーのミスター・バーンスタインに脚本を見せにいくところだった。午後二時に、バーンスタインに会うアポがとれている。

絵未とヘンリックは、近くのカフェで軽い昼食をすませた。ランチをとりながら、脚本の最終チェックをした。

それをすませ、いよいよバーンスタインのオフィスに向かう。そのとき、ヘンリックが絵未に言った。〈一緒にきてくれないか〉と……。そこで絵未は、〈一人で行きなさいよ〉と言い、彼の背中を押したのだ。

ヘンリックは、うなずいた。

「じゃ、行ってくるよ」

「頑張って」そう言うと、絵未は彼の背中を軽く叩《たた》いた。歩いていく彼の後ろ姿を見送った。この結果がどうなるかで、ヘンリックの人生は大きく変わるだろう。そして、彼と絵未との関係も……。人ごみのマンハッタンを歩いていくヘンリックの後ろ姿を、絵未はじっと見つめていた。

午後四時半。楽譜《スコア》さがしを終えた絵未は、店に行った。新しい曲の練習をしようと思っていた。

店の入口は、すでに開いていた。店内には、オーナーのボブとワイフのジェシカがいた。店で出す新しいメニューを試作しているらしい。匂いからすると、バジルを使ったもの……。

絵未は、ピアノに向かった。買ってきたばかりの楽譜を広げた。〈It's Only A Paper Moon《イッツ・オンリー・ア・ペイパー・ムーン》〉をサラリと弾きはじめた。

電話がきたのは、三〇分後だった。カウンターの端にある電話が鳴った。ボブが手を拭《ふ》き受話器をとった。話しはじめた。大事そうな電話なので、絵未はピアノの練習をやめた。

七、八分話して、ボブは電話を終えた。絵未を見る。「悪くない知らせだ」と言った。絵未はボブを見た。

「いまの電話は、プロデューサーのバーンスタインからだ」とボブ。「きょうの午後、ヘンリックが彼に会ってミュージカルの脚本を見せたよなあ」と言った。絵未は、うなずいた。それは、もう終わっているはずだ。

「バーンスタインは、その脚本をかなり気に入ったらしい。そのことを連絡してきたんだ」

「気に入った……」

「ああ、バーンスタインは、おせじなど言わない、無駄なことも言わない人間だ。そんな彼が気に入ったというのなら本心だよ。しかも、すぐ私に連絡してきたところをみると、ヘンリックの脚本には相当の興味を持ったんだろう」

ボブが言った。絵未は、ピアノの前に座ったまま、「よかった……」と言った。けれど、その〈よかった〉は、100パーセントのものではなかった。

ヘンリックの脚本が認められる、そのことは正直言って嬉《うれ》しい。その脚本には自分も協力したのだから……。

ただし、もしヘンリックが脚本家として認められたら、そのことが彼とワイフとの関係を修復することになるかもしれない。その確率は、かなり高いだろう。

つまり、いま、プロデューサーのバーンスタインからきた連絡は、絵未にとって、嬉しくもあり、淋《さび》しくもありということになりそうだった。

絵未は、ピアノの鍵盤《けんばん》に指を置いた。〈$C_7$〉のコードをそっと弾いた。〈7〉の数字がついた〈セヴンス・コード〉は、微妙な和音だ。〈C〉だけなら、ひたすら明るい音。そこに〈7〉《セヴンス》の音を加えると、複雑な響きになる。簡単に言ってしまうと。70パーセントの明るさ、30パーセントのもの淋しさ、そんなニュアンスになるのだ。〈C7〉を弾きながら、自分のいまの気持ちにふさわしいと絵未は感じていた。

そのとき、着信音。そばに置いてあるスマートフォンが鳴った。画面表示を見る。ヘンリックから通話の着信だった。

絵未は、冷たいタオルで顔を拭くようにわれに返った。スマートフォンをとる。つとめて明るい声を出した。

「どうだった、ヘンリック」

「かなりうまくいったよ。直接話すけど」とヘンリック。その声が、スポーツの試合に勝った少年のようにはずんでいる。

「よかったわね。じゃ、また後で」

「やっぱり、お店をやめるんだ」ギネス・ビールを片手に絵未は言った。

「うん。ボブにはすまないけど、仕方ないと思う」とヘンリック。ミラー・ライトを手にして答えた。

店が終わったあとの〇時近く。二人は、なじみの〈BECK'S GRILL〉にいた。ビールを飲みながらフィッシュ・バーガーを食べていた。

店で向かい合うなり、ヘンリックはしゃべりはじめた。プロデューサーのバーンスタインと会ったときの様子を話しはじめた。かなり興奮した口調で……。

絵未は、明るい表情でうなずいてあげた。ヘンリックが興奮しているのも、無理はないだろう。無名の人間だった彼が、ブロードウェイの大物プロデューサーに認められたのだから。そして、

「来週から彼のオフィスへ？」絵未は訊《き》き返した。

「そうなんだ。急な話だけど」ヘンリックが言った。バーンスタインの事務所、その片隅にヘンリックのための小さなスタジオが用意されるという。ヘンリックが脚本に手を入れるためのスタジオらしい。

「きょう彼に見せた脚本は、いいけど、まだまだ荒削りだと言われたよ。確かに自分でもそう思う」とヘンリック。そこで、バーンスタインの事務所につめて、その完成度を上げる作業をすることになったという。

「本格的に脚本家としてデビューする道が開けたのね」と絵未。「よかった……」と言った。その言葉に、嘘いつわりはなかった。ただし、心の中では〈C7〉のコードが

静かに響いていた。

「ここまでこられたのは君のおかげだよ。なんと言って感謝したらいいか……」

「感謝なんて、他人行儀なことはいいわよ。それより、あなたのミュージカルが上演されるのを楽しみにしてるわ。これからしばらくは、あなた自身が死ぬ気で頑張らなきゃ。一生に一度のチャンスなんだから」

絵未が言うと、ヘンリックは神妙な表情でうなずいた。ライトビールをひとくち。絵未を見た。そして、少し思いつめた口調で、

「これからも会えるよね、エミィ」

と言った。絵未は、二、三秒考える。つとめてカラリとした口調で、

「もちろん。いつでも会えるわよ」と答えた。ギネスをぐいと飲んだ。ビールとともに胸の中に呑《の》み込んだ言葉はあるのだけれど……。

翌週、月曜日。店に新しいウエイターがやってきた。ブッチという二十代の青年。まずまず仕事はこなせそうだった。

ヘンリックは、もうバーンスタインの事務所に通い、脚本の完成度を上げる作業、

ブラッシュアップをしている。一日おきぐらいにメールがくる。〈脚本のディテールを直すのはすごく大変だけど、やりがいはあるよ〉。そんな内容が続いている。かなり忙しいようだ。

そして、メールの最後には必ず〈会いたい……〉のひとことがあった。

やがてきた彼のメールに、絵未の目がとまった。あるシアターで来年の二月から上演される予定のミュージカルが、出演者の都合で中止になってしまったらしい。そのシアターで、〈DUNK〉を上演するという話が持ち上がっているという。そのこともあり、ヘンリックは目が回るほど忙しいのだろう。ニューヨークの九月が、あっという間に過ぎていく……。

# 21　色褪せない日々として

絵末がその記事を見たのは、一〇月の第二週だった。〈ニューヨーク・タイムズ〉のショービズ欄。小さなスペースに、ミュージカル〈DUNK〉のことが書かれていた。〈バスケットボールをモチーフにした青春ミュージカル〉〈手がけるプロデューサーは、あのサム・バーンスタイン〉〈今回の脚本を担当するのは新鋭のヘンリック・スコット〉〈来年二月の初演をめざして準備に入っている〉。

そんな内容がごくごく簡単に書かれていた。とはいえ、あのニューヨーク・タイムズで紹介されるとは……。絵末はニューヨーク市立図書館に近いカフェで、その記事を読んだ。屋外のカフェなので、風が新聞のページを揺らせる。すでに、ひんやりと乾いた秋風そのものだった。

「絵未、これ見た?」とマリア。一冊のタブロイド誌をさし出した。

一一月の初め。火曜の午後。セントラル・パークに二人はいた。〈亀の池《タートル・ポンド》〉に面したベンチに腰かけ、シナモン・ティーを飲んでいた。マンハッタンの秋は駆け足だ。すでに、温かい飲みものが似合う季節になっている。セントラル・パークの樹々も、その葉がすっかり色づいていた。

マリアがさし出したタブロイド誌は、〈NY TIPS《ティップス》〉という。ニューヨーカーのための情報誌だ。新しく開店したレストランやカフェの紹介。コンサート情報。そして、これから上演される演劇やミュージカルが紹介されている。

その一八ページ目。ヘンリックが写真入りで紹介されていた。写真も記事も小さいものだ。けれど、彼のインタビュー記事であることに違いはない。

どうやら、〈DUNK〉の上演は正式に決定したらしい。そのミュージカルの脚本家としてヘンリックが紹介されている。大物プロデューサーのバーンスタインがその才能を認めた新鋭脚本家としてインタビューされている。

インタビューに対しては〈初めてのことなので緊張しています〉というトーンに終始している。写真の表情も、かなり緊張しているのが見てとれる。それが新人らしくもあるのだけれど……。

「とうとう、メジャーデビューか」とマリア。シナモン・ティーを手に絵未を見た。

「彼から連絡はくるの？」

「うん、二、三日に一回はメールがくる。でも、ひどく忙しいみたい。メールの文章が疲れてるわよ」

絵未が苦笑まじりに言うと、マリアが笑い出した。

「〈文章が疲れてる〉はいいわね」と言った。シンガーらしい大きな声で笑っている。ニットのキャップをかぶってジョギングしている白人女性が、マリアの笑い声に少し驚いている。

笑い終えたマリアが、池の水面を眺める。

「でも、こうなると、彼の夫婦はどうなるんだろう。ただのウエイターだった彼が、新鋭の脚本家になっちゃったわけだから……。そのファッション編集者のワイフも、彼を見る目が全然違ってくるんじゃない？」

と言った。絵未は、一〇秒ほど考える。

「さあねえ……。なるようにしかならないかも」と言った。まだ温かいシナモン・ティーに口をつけた。赤く紅葉した葉が二、三枚散って絵未たちの足もとで風に舞った。

ヘンリックからそのメールがきたのは、一〇日後の夕方だった。

〈なんとか脚本の仕上げが一段落したよ。もちろんまだ仕事は続くんだけど、一日二日はひと息つけるよ。

明日《あした》あたり会えないかな？　ぜひ会いたい。明日は店での演奏がない日だよね〉

そんなメールだった。確かに、明日は絵未が店で演奏する日ではない。

絵未は、そのメールを眺める。考えはじめた。どうしたものか、考えはじめた。まだ、心の中が完全に整理できているわけではない。

バジルやパクチーを使い、グリーンカレーのペーストを作りながら、絵未は自分の考えを整理していく。ココナツ・ミルクを入れてグリーンカレーを煮つめながら、自分の考えも煮つめていく。ゆっくりとスプーンで鍋《なべ》の中身をかき混ぜながら……。

約四〇分後。グリーンカレーができ上がった頃、絵未の気持ちもかたまってきていた。スマートフォンをとる。ヘンリックにメールを打ちはじめた。

〈ヘンリック、メールありがとう。

インタビュー記事などは見てるわ。本当によかった。

食事の誘いは嬉《うれ》しいんだけど、その日も仕事なの。明日出演するはずのトニーがインフルエンザにかかっちゃって。

だから、残念だけど、またつぎの機会にね！〉

そんなメールを送信した。インフルエンザの件は、もちろん口実だ。

絵未は、スマートフォンを置く。煮込んだグリーンカレーの火を止めた。冬用のジョギング・ウェアーに着替えた。部屋を出た。

午後六時過ぎ。もう陽は沈んでいる。空気は冷たく顔に痛い。マンハッタンの灯《ひ》がまたたいている。絵未は、イースト・ヴィレッジの歩道を、ゆっくりと走りはじめた。走りはじめて一五分。ポケットで着信音。ヘンリックからメールがきた。走る速度を落として画面を見る。

〈それは残念だ。なんとしても二人だけで会いたかったのに、なんとしても二人で……。僕らは、もう終わりなのかい？〉

その文面を、絵未は四、五分見つめていた。やがて、返信の文字を打ちはじめた。

〈ごめんね。とにかく、体を大事にして頑張ってね。エミィより〉

と打ち終えた。そして文面を何回も見なおした。本当にこれでいいのね？　これを送信していいのね？　そう自分に問いかける。問いかけても答えは変わらない。人が何かを祈るときのように体を少し前にかがめ、息を止め、絵未は〈送信〉をタップした。小さな鈴音のような送信音が響いた。

スマートフォンをポケットに戻した。白い息を吐きながら、絵未はまたゆっくりと走りはじめた。

一一月の第三週。ひさびさにヘンリックからメールがきた。来週の月曜から五日間、初めての公開リハーサルがおこなわれるという。もしよかったら、ちょっとでも見にきてくれないか。このミュージカルは、君との共作でもあるわけだから。そんな内容のメールだった。

絵未は少し考えた。公開リハーサルなら、見に行ってもいいなと思った。あの日、一緒に考えた作品が、どんな形のミュージカルになろうとしているのか、見てみたいとも単純に思った。

リハーサル三日目の水曜日。午後の二時半。絵未は地下鉄でブロードウェイに向かった。

平日なのに、ブロードウェイはあい変わらずにぎやかだった。けれど、目的のホールは、すぐに見つかった。広い通りに面している小さめのホールだった。リハーサルなので、本番のシアターではなく小ホールを使うのだろう。公開リハーサルということなので、マスコミの人間らしい人たちが出入りしている。

絵未は、コートの前を合わせる。大通りの信号を渡ろうとした。そのとき、ふと足を止めた。

ホールの前に黄色いタクシーが駐《と》まった。一人の女性がおりた。洒落《しやれ》たデザインのコートに身を包んでいる。それは、ヘンリックのワイフ、ステイシーだった。

彼女は、ホールの前の歩道に立つ。スマートフォンで何か話している。すぐに通話を終えた。一、二分すると、ホールからヘンリックが出てきた。ステイシーは、彼に笑いかける。彼の腕を引っぱりホールの入口へ……。やがて、二人はホールに入っていった。

絵未は、三〇秒ほど歩道に立っていた。そっと肩をすくめる。地下鉄の駅に向かって歩きはじめた。

ソーホーより二駅手前で絵未は地下鉄をおりた。店に行くには、まだ時間が早い。気持ちのいい午後なので、ゆっくり歩こうと思った。

地下鉄の階段を上がり地上に出た。風景が、にぎやかなブロードウェイとはかなり違っている。落ち着いた雰囲気の通り。両側に並木。その樹々たちは、黄色く色づいている。ハラハラと散りはじめている。マンハッタンの晩秋。遅い午後の陽射しは透明で、空気はひんやりと澄んでいる。

歩道を歩いていると、CDショップらしい店からメロディーの切れはしが漂ってきた。

それは、E・ジョンの〈Goodbye Yellow Brick Road《グッバイ・イエロー・ブリック・ロード》〉だった。コニー・アイランドの夏が、ふと胸によみがえる。

けれど、絵未の心が揺れることはなかった。ひたすらいい夏だったと思う。

タイムリミットのある恋だと予感しながらも、迷わず飛び込み、駆け抜けた。自分らしいひと夏だった。

何年後かに思い返しても、けして色褪《いろあ》せることのない日々だろう。そのことを彼女は確信していた。

いまCDショップから流れているE・ジョンの曲には、〈A7〉や〈C7〉のコードが多く使われている。けれど、絵未の心の中に、淋《さび》しさを漂わせた〈7《セヴンス》〉の響きはもうなかった。

絵未は、しっかりと前を見すえる。心の中で、ヘンリックに、〈Good Luck《グッド・ラック》！幸運を！〉とつぶやきかけた。背筋をのばし、マンハッタンの歩道を歩いていく。

風が吹き、並木の葉がいっせいに散った。まるで雪のように彼女に降り注いだ。絵未は、一瞬、金色に輝く枯れ葉を見上げた。しっとりとした晩秋の風を大きく吸い込む。また、ゆったりとした足どりで歩きはじめた。もう、ふり向かなかった。

# あとがき

その日、僕はマウイ島にいた。ガイドブックにも載っていない小さなローカルタウンを歩いていた。

午後二時過ぎ。通り雨《シャワー》が降ってきた。

ハワイ独特の天気雨だ。強い陽射しを浴びて輝く雨粒は、美しかった。僕は、そんなシャワーを楽しみながら歩き続けた。

五分ほどで、シャワーは走り過ぎた。そして、ヤシの木のかなたに、大きな虹《にじ》がかかっていた。

今回のラブ・ストーリーを書いているあいだ、いつも僕の頭にあったのは、そんなシャワーの輝きだった。

そう、多くの恋は通り雨に似ている。

不意にやってきて、不意に終わる。

約束されていたように、あるいは内心予想していたように……。

終わってしまうのは辛《つら》いことだけど、タイムリミットがあるから恋は熱くなるとも言えないだろうか。

一瞬で走り過ぎるから、ハワイの通り雨が輝いているように……。

この本には、二編のラブ・ストーリーが収められている。ヒロインの二人は、ともにアメリカで暮らしている日本人女性だ。

第一話の舞台はマイアミ。彼女は、テニス・アカデミーでトレーニングを積んでいる選手。

そして、第二話の舞台はニューヨーク。彼女は、店でピアノを弾き収入を得ている。

そんな彼女たちが、ふとしたはずみに恋をする。タイムリミットのある恋を……。

この二人が、どのように恋という通り雨の中を駆け抜けていくのか……作者としては、精一杯の思いを込めて描いたつもりだ。

そして、通り雨が過ぎたあと、彼女たちの上に、どのように美しい虹がかかるのだろうか……。

グラス一杯のモヒートを楽しむような気分で読んでもらえれば、作者としては嬉《うれ》しい。

この一冊を完成するにあたっては、KADOKAWA編集部・光森優子さんとのミックスダブルスだった。ここに記して感謝したい。お疲れ様でした。

そして、この本を手にしてくれたすべての読者の方へ、ありがとう。また会える時まで、少しだけグッドバイです。

春風が海を渡る葉山《はやま》で　喜多嶋　隆

※このあとにある僕のファン・クラブ案内ですが、そのあとにお知らせがあります。

〈喜多嶋隆ファン・クラブ案内〉

〈芸能人でもないのに、ファン・クラブなんて〉とかなり照れながらも、熱心な方々の応援と後押しではじめたファン・クラブですが、はじめてみたら好評で、発足して20年以上をむかえることができました。
このクラブのおかげで、読者の方々と直接的な触れ合いの機会も増え、新刊の感想などがダイレクトにきけるようになったのは、僕にとって大きな収穫でした。

〈ファン・クラブが用意している基本的なもの〉
①会報……僕の手描き会報。カラーイラストや写真入りです。僕の近況、仕事の裏話。ショート・エッセイ。サイン入り新刊プレゼントなどの内容です。
②バースデー・カード……会員の方の誕生日には、僕が撮った写真を使ったバースデー・カードが、直筆サイン入りで届きます。
③ホームページ……会員専用のＨＰです。掲示板が中心ですが、僕の近況スナップ写真などもアップしています。ここで、お仲間を見つけた会員の方も多いようです。
④イベント……年に何回か、僕自身が参加する気楽な集まりを、主に湘南でやっています。

⑤新刊プレゼント……新刊が出るたびに、サイン入りでプレゼントしています。
⑥ブックフェア……もう手に入らなくなった過去の作品を、会員の方々にお届けしています。

★ほかにも、いろいろな企画をやっているのですが、くわしくは、事務局に問い合わせをしてください。

※問い合わせ先

FAX　046・876・0062
Eメール　coconuts@jeans.ocn.ne.jp

※お問い合わせの時には、お名前、ご住所をお忘れなく。当然ながら、いただいたお名前、ご住所などは、ファン・クラブの案内、通知などの目的以外には使用いたしません。

★お知らせ

僕の作家キャリアも36年をこえ、出版部数が累計500万部を突破することができました。そんなこともあり、この10年ほど、〈作家になりたい〉〈一生に一冊でも本を出したい〉という方からの相談がきたり、書いた原稿を送られてくることが増えました。

その数があまりに多いので、それぞれに対応できません。が、そのことが気にかかっていました。そんなとき、ある人から〈それなら、文章教室をやってみてもいいのでは〉と言われ、なるほどと思いました。少し考えましたが、ものを書きたい方々のためになるならと思い、FC会員でなくても、つまり誰でも参加できる〈もの書き講座〉をやってみる決心をしたので、お知らせします。

講座がはじまって約一年になりますが、大手出版社から本が刊行され話題になっている受講生の方もいます。作品コンテストで受賞した方も複数います。

なごやかな雰囲気でやっていますから、気軽にのぞいてみてください。（体験受講あります）

喜多嶋隆の『もの書き講座』

（主宰）喜多嶋隆ファン・クラブ
（事務局）井上プランニング
（案内ホームページ）http://www007.upp.so-net.ne.jp/kitajima/〈喜多嶋隆のホームページ〉で検索できます
（Eメール）monoinfo@i-plan.bz
（FAX）042・399・3370
（電話）090・3049・0867（担当・井上）

※当然ながら、いただいたお名前、ご住所、メールアドレスなどは他の目的には使用いたしません。

★ファン・クラブ会員には、初回の受講が無料になる特典があります。

本書は、書き下ろし作品です。

賞味期限《しょうみきげん》のある恋《こい》だけど

喜多嶋《きたじま》 隆《たかし》

平成30年 3月25日　初版発行

発行者●郡司 聡

発行●株式会社KADOKAWA
〒102-8177　東京都千代田区富士見2-13-3
電話 0570-002-301（ナビダイヤル）

角川文庫 20827

印刷所●旭印刷株式会社　製本所●株式会社ビルディング・ブックセンター

表紙画●和田三造


ISBN978-4-04-106263-0　C0193

# 角川文庫発刊に際して

角川源義

第二次世界大戦の敗北は、軍事力の敗北であった以上に、私たちの若い文化力の敗退であった。私たちの文化が戦争に対して如何に無力であり、単なるあだ花に過ぎなかったかを、私たちは身を以て体験し痛感した。西洋近代文化の摂取にとって、明治以後八十年の歳月は決して短かすぎたとは言えない。にもかかわらず、近代文化の伝統を確立し、自由な批判と柔軟な良識に富む文化層として自らを形成することに私たちは失敗して来た。そしてこれは、各層への文化の普及滲透を任務とする出版人の責任でもあった。

一九四五年以来、私たちは再び振出しに戻り、第一歩から踏み出すことを余儀なくされた。これは大きな不幸ではあるが、反面、これまでの混沌・未熟・歪曲の中にあった我が国の文化に秩序と確たる基礎を齎らすためには絶好の機会でもある。角川書店は、このような祖国の文化的危機にあたり、微力をも顧みず再建の礎石たるべき抱負と決意とをもって出発したが、ここに創立以来の念願を果すべく角川文庫を発刊する。これまで刊行されたあらゆる全集叢書文庫類の長所と短所とを検討し、古今東西の不朽の典籍を、良心的編集のもとに、廉価に、そして書架にふさわしい美本として、多くのひとびとに提供しようとする。しかし私たちは徒らに百科全書的な知識のジレッタントを作ることを目的とせず、あくまで祖国の文化に秩序と再建への道を示し、この文庫を角川書店の栄ある事業として、今後永久に継続発展せしめ、学芸と教養との殿堂として大成せんことを期したい。多くの読書子の愛情ある忠言と支持とによって、この希望と抱負とを完遂せしめられんことを願う。

一九四九年五月三日

# 角川文庫ベストセラー

キャット・シッターの君に。　喜多嶋　隆

1匹の茶トラが、キャット・シッターの芹と新しい依頼主、カメラマンの一郎を出会わせてくれた……猫によってゆっくりと癒され、結びついていく孤独な人々の心をハートウォーミングに描く静かな救済の物語。

地図を捨てた彼女たち　喜多嶋　隆

恋、仕事、結婚、夢……人生のさまざまな局面で訪れるターニングポイント。迷いや不安、とまどいと闘いながら勇気を持ってそれぞれの道を選び取っていく女性たちの美しさ、輝きを描く。大人のための青春短編集。

みんな孤独だけど　喜多嶋　隆

誰もがみな孤独をかかえている。けれど、だからこそ自然と心は寄り添う……。都会のかたすみで、南洋の陽射しのなかで……思いがけなく出会い、惹かれ合う孤独な男と女。大人のための極上の恋愛ストーリー！

かもめ達のホテル　喜多嶋　隆

湘南のかたすみにひっそりとたたずむ、隠れ家のような一軒のホテル。海辺のホテルに集う訳あり客たちが心に秘める謎と事件とは？　若き女性オーナー・美咲が彼らの秘密を解きほぐす。心に響く連作恋愛小説。

恋を、29粒　喜多嶋　隆

あるときは日常の一場面で、またあるときは非日常の空間で——恋は誰のもとにもふいにやってくる。その続きはときに切なく、ときに甘美に……。様々な恋のきらめきを鮮やかに描き出した珠玉の恋愛掌編集。

# 角川文庫ベストセラー

Missハーバー・マスター　喜多嶋　隆

小森夏佳は、マリーナの責任者。海千山千のボートオーナー、ヨットオーナーの相手をしつつも、ハーバー内で起きたトラブルを解決している。そんなある日、彼女のもとへ、1つ相談事が持ち込まれて……。

鎌倉ビーチ・ボーズ　喜多嶋　隆

住職だった父親に代わり寺を継いだ息子の凜太郎は、気ままにサーフィンを楽しむ日々。ある日、傷ついた女子高生が駆け込んで来た。むげにも出来ず、相談事を引き受けることにした凜太郎だったが……。

ペギーの居酒屋　喜多嶋　隆

広告代理店の仕事に嫌気が差し、下町の居酒屋に飛び込んだペギー。持ち前の明るさを発揮し、寂れた店を徐々に盛り立てていく。そんな折、ペギーにTVの出演依頼が舞い込んできて……親子の絆を爽やかに描く。

落下する夕方　江國香織

別れた恋人の新しい恋人が、突然乗り込んできて、同居をはじめた。梨果にとって、いとおしいのは健悟なのに、彼は新しい恋人に会いにやってくる。新世代のスピリッツと空気感溢れる、リリカル・ストーリー。

泣かない子供　江國香織

子供から少女へ、少女から女へ……時を飛び越えて浮かんでは留まる遠近の記憶、あやふやに揺れる季節の中でも変わらぬ周囲へのまなざし。こだわりの時間を柔らかに、せつなく描いたエッセイ集。

# 角川文庫ベストセラー

## 冷静と情熱のあいだ Rosso　江國香織

2000年5月25日ミラノのドゥオモで再会を約したかつての恋人たち。江國香織、辻仁成が同じ物語をそれぞれ女の視点、男の視点で描く甘く切ない恋愛小説。

## 泣く大人　江國香織

夫、愛犬、男友達、旅、本にまつわる思い……刻一刻と姿を変える、さざなみのような日々の生活の積み重ねを、簡潔な洗練を重ねた文章で綴る。大人がほっとできるような、上質のエッセイ集。

## はだかんぼうたち　江國香織

9歳年下の鯖崎と付き合う桃。母の和枝を急に亡くした、桃の親友の響子。桃がいながらも響子に接近する鯖崎……〝誰かを求める〟思いにあまりに素直な男女たち＝〝はだかんぼうたち〟のたどり着く地とは——。

## 作家の履歴書 21人の人気作家が語るプロになるための方法　大沢在昌他

作家になったきっかけ、応募した賞や選んだ理由、発想の原点はどこにあるのか、実際の収入はどんな感じなのか、などなど。人気作家が、人生を変えた経験を赤裸々に語るデビューの方法21例！

## パイロットフィッシュ　大崎善生

かつての恋人から19年ぶりにかかってきた一本の電話。アダルト雑誌の編集長を務める山崎がこれまでに出会い、印象的な言葉を残して去っていった人々を追想しながら、優しさの限りない力を描いた青春小説。

# 角川文庫ベストセラー

## アジアンタムブルー　大崎善生

愛する人が死を前にした時、いったい何ができるのだろう。余命幾ばくもない恋人、葉子と向かったニースでの日々。喪失の悲しさと優しさを描き出す、『パイロットフィッシュ』につづく慟哭の恋愛小説。

## 孤独か、それに等しいもの　大崎善生

今日一日をかけて、私は何を失っていくのだろう——。憂鬱にとらえられてしまった女性の心を繊細に描き出し、灰色の日常に柔らかな光をそそぎこむ奇跡の小説、全五篇。明日への一歩を後押しする作品集。

## ロックンロール　大崎善生

小説執筆のためパリに滞在していた作家・植村は、筆の進まない作品を前にはがゆい日々を過ごしていた。しかし、そこに突然訪れた奇跡が彼を昂らせる。欧州の地で展開される、切なくも清々しい恋物語。

## 傘の自由化は可能か　大崎善生

駅やコンビニや飲み屋に、使いたい人がいつでも使用できる「自由な傘」を置いておく——表題エッセイのほか、旅や言葉、本や大好きな周囲の人々など、作家の目がとらえた世界のかけらを慈しむエッセイ集。

## スワンソング　大崎善生

情報誌編集部で同僚だった由香を捨て、僕はアシスタントの由布子と付き合い出す。尽くせば尽くすほど、恋愛の局面はのっぴきならなくなっていき……恋人に寄せる献身と狂おしいまでの情熱を描いた恋愛小説。

# 角川文庫ベストセラー

## 孤独の森　大崎善生

北海道・岩見沢にある、厳しいルールと鉄条網で世間から隔離された施設「梟の森」で暮らしていた少年・宗太は、父危篤の情報を得て脱走。父の入院する函館に向けて歩き出したが……。

## エンプティスター　大崎善生

私を空っぽの星から救い出して――。45歳になった山崎隆二は囚われた大切な人を救うためソウルへ飛んだ。新たな出会いと謎の組織の影。待ち受ける衝撃の結末。至高の恋愛小説シリーズ、完結編。

## 聖《さとし》の青春　大崎善生

重い腎臓病を抱えつつ将棋界に入門、名人を目指し最高峰リーグ「A級」で奮闘のさなか生涯を終えた天才棋士、村山聖。名人への夢に手をかけ、果たせず倒れた〝怪童〟の人生を描く。第13回新潮学芸賞受賞。

## スノーフレーク　大崎梢

亡くなってしまった大切な幼なじみの速人。だが6年後、高校卒業を控えた真乃は、彼とよく似た青年を見かける。本当は生きているのかもしれない。かすかな希望を胸に、速人の死に関する事件を調べ始めるが!?

## 幸福な遊戯　角田光代

ハルオと立人とわたし。恋人でもなく家族でもない者同士の共同生活は、奇妙に温かく幸せだった。しかし、やがてわたしたちはバラバラになってしまい――。瑞々しさ溢れる短編集。

# 角川文庫ベストセラー

ピンク・バス　角田光代

夫・タクジとの間に子を授かり浮かれるサエコの家に、タクジの姉・実夏子が突然訪れてくる。不審な行動を繰り返す実夏子。その言動に対して何も言わない夫に苛つき、サエコの心はかき乱されていく。

あしたはうんと遠くへいこう　角田光代

泉は、田舎の温泉町で生まれ育った女の子。東京の大学に出てきて、卒業して、働いて。今度こそ幸せになりたいと願い、さまざまな恋愛を繰り返しながら、少しずつ少しずつ明日を目指して歩いていく……。

愛がなんだ　角田光代

OLのテルコはマモちゃんにベタ惚れだ。彼から電話があれば仕事中に長電話、デートとなれば即退社。全てがマモちゃん最優先で会社もクビ寸前。濃密な筆致で綴られる、全力疾走片思い小説。

いつも旅のなか　角田光代

ロシアの国境で居丈高な巨人職員に怒鳴られながら激しい尿意に耐え、キューバでは命そのもののように人々にしみこんだ音楽とリズムに驚く。五感と思考をフル活動させ、世界中を歩き回る旅の記録。

恋をしよう。夢をみよう。旅にでよう。　角田光代

「褒め男」にくらっときたことありますか？　褒め方に下心がなく、しかし自分は特別だと錯覚させる。ついに遭遇した褒め男の言葉に私は……ゆるゆると語り合っているうちに元気になれる、傑作エッセイ集。

# 角川文庫ベストセラー

## 薄闇シルエット　角田光代

「結婚してやる」と恋人に得意げに言われ、ハナは反発する。結婚を「幸せ」と信じにくいが、自分なりの何かも見つからず、もう37歳。そんな自分に苛立ち、戸惑うが……ひたむきに生きる女性の心情を描く。

## 西荻窪キネマ銀光座　角田光代　三好銀

ちっぽけな町の古びた映画館。私は逃亡するみたいに座席のシートに潜り込んで、大きなスクリーンに映し出される物語に夢中になる——名作映画に寄せた想いを三好銀の漫画とともに綴る極上映画エッセイ！

## 幾千の夜、昨日の月　角田光代

初めて足を踏み入れた異国の日暮れ、終電後恋人にひと目逢おうと飛ばすタクシー、消灯後の母の病室……夜は私に思い出させる。自分が何も持っていなくて、ひとりぼっちであることを。追憶の名随筆。

## コイノカオリ　角田光代・島本理生・栗田有起・生田紗代・宮下奈都・井上荒野

人は、一生のうちいくつの恋におちるのだろう。ゆるくつけた香水、彼の汗やタバコの匂い、特別な日の料理からあがる湯気——。心を浸す恋の匂いを綴った6つのロマンス。

## 週末カミング　柴崎友香

週末に出逢った人たち。思いがけずたどりついた場所。いつもの日常が愛おしく輝く8つの物語。『春の庭』で第151回芥川賞を受賞。一瞬の輝きを見つめる珠玉の短編集。

# 角川文庫ベストセラー

本をめぐる物語 栞は夢をみる
大島真寿美、柴崎友香、福田和代、中山七里、雀野日名子、雪舟えま、田口ランディ、北村 薫 編／ダ・ヴィンチ編集部

本がつれてくる、すこし不思議な世界全8編。水曜日にしかたどり着けない本屋、沖縄の古書店で見つけた自分と同姓同名の記述……。本の情報誌『ダ・ヴィンチ』が贈る「本の物語」。新作小説アンソロジー。

冷静と情熱のあいだ Blu
辻 仁成

かつて恋人同士だった男女。恋人時代に交わしたたわいもない約束。本当に、その日、その場所に相手は来るのだろうか……男の視点を辻仁成、女の視点を江國香織が描く、究極の恋愛小説。

オリガミ
辻 仁成

角膜移植で光を取り戻したヴァレリーは術後、不思議な男性の幻を見るようになる。彼は誰？　ブリュッセルの女と東京の男が運命によって呼び合わされたとき……幸せの予感に満ちあふれた、極上の愛の物語。

ロマンス小説の七日間
三浦しをん

海外ロマンス小説の翻訳を生業とするあかりは、現実にはさえない彼氏と半同棲中の27歳。そんな中ヒストリカル・ロマンス小説の翻訳を引き受ける。最初は内容と現実とのギャップにめまいものだったが……。

月魚
三浦しをん

『無窮堂』は古書業界では名の知れた老舗。その三代目に当たる真志喜と「せどり屋」と呼ばれるやくざ者の父を持つ太一は幼い頃から兄弟のように育つ。ある夏の午後に起きた事件が二人の関係を変えてしまう。

# 角川文庫ベストセラー

白いへび眠る島　三浦しをん

高校生の悟史が夏休みに帰省した拝島は、今も古い因習が残る。十三年ぶりの大祭でにぎわう島である噂が起こる。【あれ】が出たと……悟史は幼なじみの光市と噂の真相を探るが、やがて意外な展開に！

つきのふね　森　絵都

親友との喧嘩や不良グループとの確執。中学二年のさくらの毎日は憂鬱。ある日人類を救う宇宙船を開発中の不思議な男性、智さんと出会い事件に巻き込まれる。揺れる少女の想いを描く、直球青春ストーリー！

DIVE《ダイブ》!!（上）（下）　森　絵都

高さ10メートルから時速60キロで飛び込み、技の正確さと美しさを競うダイビング。赤字経営のクラブ存続の条件はなんとオリンピック出場だった。少年たちの長く熱い夏が始まる。小学館児童出版文化賞受賞作。

いつかパラソルの下で　森　絵都

厳格な父の教育に嫌気がさし、成人を機に家を飛び出していた柏原野々。その父も亡くなり、四十九日の法要を迎えようとしていたころ、生前の父と関係があったという女性から連絡が入り……。

リズム　森　絵都

中学一年生のさゆきは、近所に住んでいるいとこの真ちゃんが小さい頃から大好きだった。ある日、さゆきは真ちゃんの両親が離婚するかもしれないという話を聞き……講談社児童文学新人賞受賞のデビュー作！

# 角川文庫ベストセラー

## ラン　森絵都

9年前、13歳の時に家族を事故で亡くした環は、ある日、仲良くなった自転車屋さんからもらったロードバイクに乗ったまま、異世界に紛れ込んでしまう。そこには死んだはずの家族が暮らしていた……。

## 気分上々　森絵都

〝自分革命〟を起こすべく親友との縁を切った女子高生、一族に伝わる理不尽な〝掟〟に苦悩する有名女優、無銭飲食の罪を着せられた中2男子……森絵都の魅力をすべて凝縮した、多彩な9つの小説集。

## 道元入門　角田泰隆

13歳で出家、24歳で中国に留学。「只管打坐（しかんたざ＝ただひたすら坐禅すること）」に悟りを得て帰国し、正しい仏法を追い求め永平寺を開山。激動の鎌倉時代に禅を実践した日本思想史の巨人に迫る！

## 坐禅ひとすじ　永平寺の礎をつくった禅僧たち　角田泰隆

坐禅の姿は、さとりの姿である。道元、懐奘（えじょう）、義介――。永平寺の禅が確立するまでの歴史をわかりやすく綴りながら、師弟間で交わされる問答を通して、受け継がれてきた道元禅の真髄を描き出す。

## 今日も一日きみを見てた　角田光代

最初は戸惑いながら、愛猫トトの行動のいちいちに目をみはり、感動し、次第にトトのいない生活なんて考えられなくなっていく著者。愛猫家必読の極上エッセイ。猫短篇小説とフルカラーの写真も多数収録！